CADERNOS DE INFÂNCIA

NORAH LANGE

CADERNOS DE INFÂNCIA

Tradução de
JOANA ANGÉLICA D'AVILA MELO

EDITORA RECORD
RIO DE JANEIRO • SÃO PAULO

2009

CIP-Brasil. Catalogação-na-fonte
Sindicato Nacional dos Editores de Livros, RJ.

Lange, Norah, 1906-1972
L266c Cadernos de infância / Norah Lange; tradução de Joana Angélica D'Avila Melo. – Rio de Janeiro: Record, 2009.

Tradução de: Cuadernos de infancia
ISBN 978-85-01-08131-5

1. Lange, Norah, 1906-1972. I. Melo, Angélica Joana D'Avila. II. Título.

CDD – 868.99328
CDU – 821.134.2(81)-94

08-4850

Título original espanhol:
CUADERNOS DE INFANCIA

Direitos exclusivos de publicação em língua portuguesa somente para o Brasil adquiridos pela
EDITORA RECORD LTDA.
Rua Argentina 171 – Rio de Janeiro, RJ – 20921-380 – Tel.: 2585-2000
que se reserva a propriedade literária desta tradução

Impresso no Brasil

ISBN 978-85-01-08131-5

PEDIDOS PELO REEMBOLSO POSTAL
Caixa Postal 23.052
Rio de Janeiro, RJ – 20922-970

A
Oliverio Girondo
— a quem sempre seria mesquinho elogiar —,
por sua severa, generosa e paciente culpa neste livro

Prefácio à edição brasileira

Norah Lange e a mais sincera das histórias

Julián Fuks*

QUANDO JORGE Luis Borges, inaugurando a caudalosa série de prólogos que escreveria ao longo da vida, emprestou sua retórica e a solenidade de suas metáforas ao elogio de uma garota que estreava alguns versos em páginas modestas de um livro diminuto, não foram poucos os que duvidaram de suas certezas e o julgaram apaixonado. Sim, naquele remoto ano de 1925 o jovem Borges ainda não gozava de toda a credibilidade que lhe seria conferida tempos mais tarde, e talvez tivesse enfatizado demais a compleição "leve e altiva e fervorosa" de Norah Lange, ou o resplendor emitido pela vermelhidão de suas tranças. Quiçá fosse de estranhar a brevidade dos elogios aos poemas em si, dotados de "límpida eficácia" e de "pequenez essencial", ou o adjetivo tão pouco distintivo com que definia seus versos de mulher, "comovedores como latejos".

---

*Julián Fuks é escritor e mestre em literatura argentina pela Universidade de São Paulo. É autor de *Histórias de literatura e cegueira {Borges, João Cabral e Joyce}*.

O caso é que a partir desse então Norah se tornou figura assídua do cenário cultural argentino, onipresente em publicações, banquetes e tertúlias, mas não só pela qualidade de suas letras. Era a animada anfitriã dos principais encontros literários bonaerenses, a jovem que subia em caixotes para professar discursos graciosos, verborrágicos, engraçados, a solitária assinatura feminina no expediente de *Martín Fierro*, *Proa* e outras revistas de vanguarda. Era a musa de olhar frontal, inquietude incessante; era um rosto anguloso encimado por uma refulgente e quase mítica cabeleira ruiva. Era Solveig Amudsen, mulher ideal ou ideal de mulher encarnado na personagem de *Adán Buenosayres* – o mais epopéico e joyceano dos romances portenhos. Era Noraliverio, por fim, quando um homem heróico conseguiu conquistá-la e fundir-se a ela em matrimônio, e não qualquer homem de heroísmo rotundo: o grande poeta Oliverio Girondo.

E tão singulares foram os acolhimentos, tão profícuos os modos de comentá-la, aprová-la, render-lhe louros e loas, que enfim esses homens conseguiram domesticar, senão a completude de sua pessoa, ao menos sua reputação e sua imagem. Dos versos de Norah devia-se ressaltar a naturalidade, a maneira intuitiva como lhe sobrevinham as metáforas, a delicadeza das imagens e, que não se dissesse nestas palavras, a generosa sensibilidade em sempre eterizar qualquer toque do corpo para impedir que se erotizasse, em sempre eludir a carnalidade inadequada à voz de uma moça. O próprio Borges já dissera, afinal, em resenha sobre outra dessas jovens, que às mulheres devia estar reservada essa ampla exploração do sentimento, enquanto aos homens restaria o sólito espectro do verso pensado. E a Norah, cabe dizer, cujo sobrenome não escondia a nobreza da estirpe e o pertencimento à alta classe, tal posição não podia ser de todo incômoda.

Nesse cenário de exaltação medida e euforia geral pelo advento da modernidade, em que o principal movimento arrogava a si mesmo o pomposo nome de ultraísmo, Norah continuou tornando pública sua piedade. Àquele primeiro livro, *La calle de la tarde,* seguiram-se *Los días y las noches*, de poemas que asseveravam sua compadecida audácia, *Voz de vida* e *El rumbo de la rosa*, em cujo título prospectivo possivelmente se prefigurava uma discreta virada. Passada toda uma década desde a primeira recepção calorosa, talvez àquela mulher tão dada ao burburinho dos colóquios começasse a perturbar a univocidade da aceitação, começasse a evidenciar-se um quê de faz-de-conta, de lasso *mise-en-scène*, na pródiga e impoluta receptividade.

Norah Lange não nascera para a condição de sumidade pálida, para o jogo fácil de manejar expectativas e agrados. Nascera para ser escritora, fora-lhe dado esse dom impalpável, talhado de mistérios e saberes disparatados, e se seus versos não deixavam isso claro, então lhe seria necessário recorrer de vez à prosa. Um tempo distante foi voltando à tona e ganhando vagos contornos em sua memória, paisagens antigas apresentaram-se como se através de uma janela embaçada, uma saudade arrebatou-lhe as palavras e ela se pôs a escrever uma história. Não qualquer história, como se a literatura pudesse se valer do mundo em qualquer de suas instâncias; pôs-se a escrever a história de sua vida, sua vida nos tempos de outrora, e assim legou aos dias vindouros estes *Cadernos de infância*.

É digna de todo o respeito a figura da mãe de saias amplas, pura ternura e puro carinho nas mãos que teciam coisas minúsculas para os múltiplos filhos que viriam. Emblemático o pai que era uma luz pela fresta da porta quando se trancava no escritório e que, mais tarde, no retrato, seria um rosto desconhecido. Universal a irmã que se aflige com as novas formas que vai adquirindo seu corpo; angustiante a outra que arranca a pele das próprias mãos e tem o hábito de morder os lábios até sentir que o sangue inunda a boca; de enternecer a que segue a mãe pela casa, prestativa, com o único intuito de copiar-lhe cada ação e gesto. Notável, de tão genuína, a oscilação constante de medos e valentias, pequenas crueldades e pequenas ternuras que as redimem, da menina vivaz que não recebe nome mas em quem se pode tão facilmente reconhecer Norah.

Cada personagem que se perfila na justaposição dos episódios pode não servir para um desenlace futuro à maneira indicada nos romances clássicos, em que nada falta e nada se recalca. Traz consigo, contudo, a dose de verdade própria aos bons relatos autobiográficos, e que não se baseia no simples fato de ter existido, de poder ser assimilado como fato acontecido: a dose de verdade dessas personagens vem de um exercício de verossimilhança exata, a que a ficção só acode para tratar de apreender o inapreensível da realidade. É nessa chave que deve ser lida a estranha profusão de mortes que vão se enumerando com o passar das páginas. Se em outros livros tal recorrência poderia indicar uma tanatofilia exagerada ou um pendor ao dramatismo, neste, cada morte encontra sua precisa razão de ser no contexto em que se insere, tornando-se insígnia da morte maior que implica todo passar do tempo, do desvanecer dos corpos e dos causos enclaustrados no pretérito.

Mas ainda não é a essa sinceridade que eu me referia no título deste prefácio, e se assim fosse todo o preâmbulo biográfico seria dispensável. *Cadernos de infância* conta a história de uma família numerosa que vai de Buenos Aires a Mendoza e de Mendoza a Buenos Aires, de cinco meninas que brincam juntas de inventar medos bobos no silêncio da casa enquanto descobrem as dores pungentes do mundo de fora, de um punhado de pessoas próximas cujas ocorrências uma das outras se empenha em desvendar. Ao leitor que se esquece da fartura do início, conta, também, a história do gradual empobrecimento dessa família abastada depois de uma seqüência de azares, e da menina que diante disso se vê impelida a tornar-se adulta.

É nas entrelinhas desses tantos enredos, flutuando sem norte no mar de anedotas, que se conta a mais sincera das histórias. Da aura que adquiria o pai quando se punha a escrever suas cartas e da tristeza que dava quando as largava; do encanto que produziam as palavras em seu aspecto tipográfico, "a parte densa ou rala das letras", a ponto de dar vontade de recortá-las e empilhá-las; da emergência de observar as pessoas com muita atenção, de espreitá-las e até tentar se inserir no rosto delas; da sensação incômoda de que também os gestos próprios estão sendo constantemente observados, seja por quem for, do presente, do passado ou de outro tempo. A história de uma menina que vai se formando escritora, e de uma mulher que empresta a ela sua perspectiva pela necessidade lancinante de tê-la de volta, de reconstituí-la, de encontrar nela sua grande razão para se dobrar sobre a escrivaninha, empunhar a caneta e manchar com tinta a página em branco. A história íntima, desprendida de artifícios e tergiversações, prenhe de revelação e verdade, que todo escritor secretamente almeja escrever.

ENTRECORTADA E feliz, com breve parada por uma noite, a primeira viagem que fizemos de Buenos Aires a Mendoza surge em minha memória como se eu recuperasse uma paisagem através de uma janela embaçada.

Apoiados em um medo, meus 5 anos conseguiram reter a tarde em que chegamos a Monte Comán, para passar a noite e prosseguir, na manhã seguinte, até nosso destino.

O hotel dispunha de poucos quartos, e foi necessário que dormíssemos todos — meus pais, Eduardito, eu e minhas quatro irmãs, a preceptora e a ama-seca — em três aposentos apertados, mas nem esse nem qualquer outro incômodo poderia enfraquecer o entusiasmo provocado em nós pelo acontecimento de jantar, com os adultos, no restaurante de um hotel.

Nós cinco, vestidas de blusa marinheira branca, aguardávamos com tal impaciência que nos parecia que mamãe demorava muito para se arrumar, que a ama-seca tardava mais do que outras vezes em colocar Eduardito para dormir.

Quando, finalmente, entramos no restaurante, vimos uma só mesa ocupada por um casal, e pouco depois de nos sentarmos ouvimos o garçom dizer ao meu pai em tom confidencial:

— É o empresário do circo, acompanhado da mulher mais forte do mundo. Todas as noites ela levanta três homens com os dentes.

Os cinco pares de olhos, arregalados pela curiosidade, fixaram-se simultaneamente no casal. Como me encontrava de costas, tive de me virar para contemplar a mulher. Enquanto a olhava, acreditei perceber que seu corpo, que sua feiúra aumentavam pouco a pouco, e pareceu-me incompreensível que o empresário pudesse rir, vê-la comer, ficar tão tranqüilo junto dela.

Meu pai, instalado à minha frente, ordenou que eu me sentasse direito, mas antes de obedecer observei que a mulher sorria para mim, e, como não me animasse a corresponder-lhe, voltei-me bem depressa para prosseguir comendo.

Eu nunca havia estado em um circo e era-me impossível imaginar que uma mulher suspendesse três homens com os dentes. Enquanto me inclinava sobre o prato, essa simples idéia provocava em mim uma onda de medo que me subia pelas pernas, que eu não conseguia deter. Pensei que, talvez, a mulher tivesse se aborrecido porque eu não correspondera ao seu sorriso, e aproveitaria a primeira ocasião para me pegar com os dentes. Como me encontrava de costas, era-me impossível vigiar se ela se levantava de sua mesa para aproximar-se da nossa. Paulatina e incontrolavelmente, o terror assumiu tais proporções que, quase chorando, supliquei a mamãe que me deixasse sentar ao seu lado.

Nessa noite tivemos de esperar, para adormecer, que o cansaço mitigasse a certeza de que a mulher do circo ocupava um quarto a pouca distância dos nossos; e na manhã seguinte, instalados em dois breques — meus pais com Eduardito e a ama-seca, em um; a preceptora conosco, as cinco, no outro —, partíamos em direção à vila vizinha.

Depois de três horas de solavancos, vadeamos um riacho. Antes de nossa carruagem descer à água escura, olhamos com expressão de desamparo a que seguia à nossa frente, para aferrar-nos a mamãe, que, inclinada sobre Eduardito, não tirava os olhos de nós, enquanto o chapinhar dos cavalos salpicava nossos vestidos brancos e a água quase cobria o eixo das rodas. Aconchegadas, procurávamos distrair nosso medo acariciando os cães que se escondiam atrás dos assentos. Alcançada a margem oposta, experimentamos o pequeno regozijo que mais tarde sempre haveriam de proporcionar-nos os restos de lama desprendidos das rodas, o trote aligeirado dos cavalos depois de atravessar um caminho pantanoso e difícil.

Antes do entardecer, avistamos a velha casa onde devíamos nos instalar até que terminassem de edificar a nova. Um casal *puntano** nos recebeu no portão do jardim. A mulher usava um vestido com uma enorme cauda floreada que imaginamos ter sido resgatada de algum baú para conferir mais realce à recepção, mas que ela não tirou durante o mês e meio que permanecemos ali.

Na hora da ceia, tivemos de acender uma quantidade de lamparinas e velas para vigiar as paredes povoadas de aranhas e de barbeiros, mas isso não impediu que, ao menor

*Pertencente ou relativo à província argentina de San Luis ou à sua capital, a cidade de San Luis de la Punta de los Venados. (*N. da T.*)

roçar do sapato contra a cadeira, déssemos um salto, certas de que um camundongo nos subia por uma perna.

Enquanto habitamos a casa velha, impusemo-nos o hábito de chegar à noite fatigadas, para adormecermos no ato e amenizar, no menor tempo possível, o medo dos bichos que se escondiam nela. Durante o dia, depois de percorrer a quinta, escalávamos as árvores e subíamos aos telhados escurecidos por trepadeiras, em busca de morcegos, e encerrávamos numa gaiola aquele que porventura conseguíssemos pegar.

Imóveis, suspensos em um dos arames, eles nos pareciam trapinhos escuros e enrugados. Outras vezes, acreditando que os morcegos choravam ocultando a cara, nós os tirávamos da gaiola e os colocávamos sobre um ramo para que voassem.

Nessa época eles não me inspiravam nenhum medo, nenhuma repulsa, mas, quando nos mudamos dessa casa lúgubre — cheia de partes desunidas e misteriosas — para o enorme casarão que nos haviam construído, eu os vi tão apertados às paredes claras, seu vôo era tão silencioso e como que de algodão úmido junto às janelas abertas, que me bastou imaginar a possibilidade de me roçarem uma bochecha para que eu tomasse por eles uma aversão definitiva.

VEJO-A ORLADA de uma ternura que ninguém poderia tocar sem desfazer-lhe algo, sem acrescentar-lhe mais graça além da que era necessária e real.

Montava seu cavalo, vestida com aquelas saias amplas, opacas, que se usavam na época.

Nós a víamos toda inteira de um lado do cavalo, a face escondida sob a aba do chambergo preto. Do outro, apenas uma das mãos enluvada; o perfil tão claro, como se de repente se aproximasse de uma lamparina.

Toda a figura parecia fazer contrapeso, a partir de um flanco do cavalo, ao outro, ao luminoso, à inteireza do seu rosto. Montando assim, transmitia-nos uma dupla doçura: podíamos vê-la de um costado, do costado da sombra, do menos conhecido, e do outro, onde ela estava toda, e a recuperávamos intacta, idêntica ao panorama de carinho que nos mostrava todos os dias.

Ao levantá-la até a montaria, meu pai só necessitava juntar as mãos para que ela apoiasse um pé. Mamãe subia e de imediato, já pronta, ficava atenta, esperando. Todos os seus gestos, embora fossem novos, viviam em seguida uma paisagem habitual.

Meu pai fazia avançar o tordilho e lhe infligia com a bota pequenos golpes nas patas; então o cavalo estirava as patas dianteiras e traseiras em direções opostas, até que a sela descia a um nível em que não era necessário usar os estribos.

Nós cinco, em semicírculo, comentávamos a atitude submissa e obediente do animal; e depois de nos proporcionar esse espetáculo eles se afastavam em trote lento.

O lado resplandecente de mamãe desaparecia, e só nos restava o menos familiar, o mais austero. Quando eles se aproximavam dos primeiros álamos que limitavam a quinta, sentíamos de imediato que algo nos faltava. A barba ruiva do meu pai era a única coisa que divisávamos.

Agora sei que o outro lado de mamãe, o luminoso, ia muito perto dele.

Três janelas dão sobre minha meninice. A primeira corresponde ao escritório de meu pai. Nas poucas vezes em que entramos nesse aposento, sentimo-nos algo intimidadas diante dos móveis severos, de couro frio e escorregadio, e das paredes cobertas de planos e mapas de diferentes países. Pressentíamos que ali só se entrava para conversar de coisas sérias ou quando era necessário despedir algum peão, algum servente. Da mesa de trabalho só recordo o enorme globo terrestre que, às vezes, meu pai fazia girar à nossa frente para que descobríssemos, de imediato, a Noruega e a Irlanda. Em um armário amontoavam-se flechas, arcos, cachimbos e colares que os índios lhe haviam presenteado em suas diversas expedições e que ele nos permitia bisbilhotar de vez em quando.

Quando íamos dormir divisávamos, de nossas portas, uma fresta de luz, pouco confortável, pouco chamativa, no umbral da sua. Era a hora em que meu pai escrevia, e só mamãe, com sua doçura permanente, costumava entrar para conversar com ele.

Quando sua janela se ilumina, de chofre, e permanece imóvel em alguma recordação, parece-me que tem a tristeza daqueles cabeçalhos de cartas, interrompidas não se sabe por qual motivo, e que a gente encontra, muito tempo depois, no fundo de alguma gaveta.

A janela de mamãe era mais acolhedora. Pertencia a um quarto de costura. Nas casas onde há muitas crianças, os quartos de costura sempre são os mais procurados, os mais buscados. Diante dos estojos transbordantes de fitas e espiguilhas contemplávamos, com freqüência, roupinhas que não eram do nosso tamanho. Nunca pensamos que alguém poderia chegar, de repente, depois de nós. Mamãe passava longas horas no quarto de costura, tecendo ou bordando coisas minúsculas. Nesse quarto ela parecia mais acessível, mais disposta a que lhe contássemos tudo, de tal modo que ao chegarmos, as mais novas, aos 13 ou 14 anos, compreendemos que, ali, teria sido mais fácil conversar com ela sobre o medo, a vergonha, a feiúra, a tristeza dessa idade incômoda. As três mais velhas o conseguiram. Susana e eu não tivemos essa ternura: uma janela tão escondida, uma luz tão adequada para dissimular o rubor, a vontade de chorar e a mágoa, a sensação de sentir-se separado dos outros por uma doença contagiosa. Sua janela manteve sempre a luz que convém às crianças. Não vi outra, depois. Os filhos chegam a quartos onde não são esperados, quartos não construídos para eles; sua roupinha é confeccionada em pátios nus, em dormitórios habituados a outras presenças, a outras ternuras, a outras lembranças, ou na hora do chá, enquanto se conversa com as visitas, em momentos de ócio que distraem qualquer fervor. Vi muitas mulheres que não mudam o tom de voz, que continuam executando os mesmos gestos, permitindo brincadeiras sobre seu aspecto ou procurando dissimulá-lo, olhando a vida sem maior ou menor fastio, como se o que carregam dentro de si não lhes bastasse para compreender que vivem o enorme regozijo de ter um filho; como se um filho que está para nascer entrasse no plano de cada dia e não fosse preciso apartar todos os dias e todas as noites que dura essa espera, para poder falar dela, mais tarde, com um gesto separado daquele que se emprega ao comentar os demais acontecimentos.

Minha mãe era diferente. Minha mãe não tecia os sapatinhos nem as mantinhas nos momentos de ócio. O ócio era constituído pelas outras coisas. Ela vivia a responsabilidade daquilo que esperava e o esperava o dia inteiro, a noite inteira. Quando entrava nesse quarto, impregnado de ternura, era como se mudasse de aspecto, de gestos. Todas as vezes em que a vi isolar-se nesse aposento, para costurar coisas pequeninas, ela mostrava aquela mirada um pouco arregalada e triste, de tanto olhar para dentro, como a que vi, depois, nas pessoas que estiveram observando o mar. Quando brincávamos no jardim, sua lamparina, um pouco sonolenta no inverno, assegurava-nos de sua presença. Ignorávamos que de um dia para outro haveria outro nome na casa, outra boca a beijar antes de nos deitarmos.

A terceira janela era a de Irene. Eu sempre tive por ela um pouco de admiração e um pouco de medo. Era seis anos mais velha do que eu. Às vezes lhe permitiam sentar-se à mesa, na sala de jantar grande, quando as visitas eram íntimas. Minhas irmãs mais velhas falavam dela, em voz baixa. Tinham surpreendido seus segredos e, ao comentá-los em tom deleitado e misterioso, estavam muito longe de supor que também a elas logo chegaria a vez. Susana e eu, as mais novas, não éramos suficientemente perspicazes para adivinhar o motivo desses longos cochichos. Uma tarde, escutei-as falando de peitos. Quando penso nisso, compreendo o medo que ela terá sentido, sozinha, a primeira, ao ver que seu corpo se curvava, que a caixa torácica perdia a rigidez, que os seios começavam a doer e a mover-se imperceptivelmente.

De sua janela, sempre esperávamos as maiores surpresas. Irene nos falava de raptos, de fugas, de que em alguma manhã iria embora com sua trouxinha de roupa, como Oliver Twist, porque em casa não gostavam dela, ou porque alguém a esperava lá fora. Talvez por isso, sua janela sempre me pareceu misteriosa.

Uma noite, quando todas estávamos deitadas, Irene veio até minha cama, para despedir-se. Envolta numa manta, trazia um pacotinho de roupa no braço. Falou-me com voz compungida e me anunciou que ia embora porque nós a tratávamos mal e ela era muito infeliz.

Eu logo pensei na janela. Pensei que havia chegado o momento. Levantei-me e a segui, chorando. Muito tempo depois, os lábios de Marta, arrependidos, me deixaram entrever que era uma farsa.

Então sua janela desapareceu, devagarinho, até parecer-se com as outras.

Era quatro anos mais velha do que eu. Parecia que a encontrávamos sempre muito antes de encontrarmos as outras e que ela sempre estava como que esperando.

Mordia os lábios até fazê-los sangrar e, devagarinho, arrancava com as unhas toda a pele das mãos. Ainda a recordo nessa atitude que costumava nos causar um estremecimento: uma das mãos aberta, a outra em cima desta o tempo todo, movendo-se tão secretamente que ninguém notaria o desgaste fino dos dedos sobre a pele já dilacerada, até que, por fim, um sulquinho de sangue — devido a um gesto demasiado nervoso — a fazia franzir o cenho, para voltar, de novo, sem dizer palavra, a puxar uma película menos sensível com uma das mãos cautelosa e como que displicente.

Sempre recordarei suas mãos. Com toda a pele levantada, assemelhavam-se às folhas de um livro muitas vezes lido, e que têm as bordas curvadas para trás. Ignoro de que modo ela suportava o contato das coisas, o atrito da roupa, de sua própria carne. Despreocupada, apática, séria, sua infância era o mundo concentrado de alguém que espera, sem ajudar aquilo que deve vir.

Meu pai, sabendo que ela desconhecia o relógio, obrigava-a a estudá-lo todos os dias. Sem soluços, quase sem lágrimas, quieta, Marta chorava cobrindo o rosto com uma das mãos aberta. Entre os dedos estendidos e separados, conseguíamos divisar um olho molhado, um pedaço de nariz, um ângulo da boca.

Algumas vezes despojava-se de sua apatia e se entretinha sozinha. Uma noite começou a vestir todas as anáguas engomadas, cheias de pregas e babados, que se usavam nesse tempo. Pouco a pouco sua figura foi-se alargando até que sua pequena cabeça chegou a ser um ponto louro sobre uma enorme saia-balão. Quando mamãe veio ao quarto, como fazia todas as noites, para cobri-la bem, encontrou-a exausta, adormecida em cima da cama, perdida em um labirinto de laços e espiguilhas.

Na manhã seguinte, à hora do desjejum, não ouviu nenhum gracejo. Havia recobrado seu aspecto sério e distante. Uma das mãos estirada embaixo da mesa; a outra, devagarinho, formigando-lhe entre os dedos.

NADA TERIA sido mais fácil do que prever como seria ela quando crescesse.

Sempre disposta a ajudar em algo, seguia mamãe por toda a casa procurando copiar seus gestos, até que chegou, paulatinamente, a parecer-se com ela em tudo. Quando mamãe se entretinha varrendo as folhas secas do jardim, Georgina aguardava atenta, com a pá, a fim de recolher os montículos sem que mamãe precisasse chamá-la. Eu e minhas outras irmãs nos aproximávamos, algumas vezes, e em voz bem alta insinuávamos que ela era a preferida, para que mamãe protestasse afirmando que nos amava a todos por igual. Depois, como se apenas comprovássemos um fato, acrescentávamos mais baixo: "Não tanto quanto a Eduardito", porque, além de ser o único varão, ele era o caçula e suspeitávamos que a ternura dela não poderia negar, com idêntica ênfase, uma verdade tão feliz e natural.

Quando vislumbro a figurinha delicada e tranqüila de Georgina, não posso deixar de compará-la a uma dessas crianças esforçadas que têm boa letra e que, antes de ler seus livros, os encapam com papel madeira. Sua meticulosidade chegava ao extremo de instigá-la a dormir de costas, com os braços ao longo do corpo, para não enrugar os lençóis. Das cinco, era a única que, ao despir-se, preocupava-se com que a roupa ficasse corretamente disposta sobre a cadeira, e, quando já éramos maiores, só ela possuía um vestido diferente para cada ocasião, um traje para dias de chuva, um casaco para meia-estação. Nós quatro líamos na cama, ou refesteladas no primeiro lugar que encontrássemos; Georgina se sentava bem ereta junto a uma mesa e só apoiava os braços. Ganhava quase todos os prêmios com que meus pais recompensavam, no fim do ano, quem se comportara bem e observara as boas maneiras. Jamais apoiava os cotovelos sobre a mesa — sacrilégio em que incorríamos amiúde — e nos assombrava por usar os talheres com aquela desenvoltura que nos parecia tão difícil de adquirir.

Uma tarde — ela ainda não completara 7 anos — empenhou-se em manejar a roda da máquina de lavar: uma enorme máquina composta de um recipiente octogonal, para agitar e ensaboar a roupa, e dois cilindros superpostos, entre os quais deslizavam e se estiravam as toalhas de mesa e os lençóis. Mal existia espaço entre os cilindros para introduzir uma toalha dobrada em quatro.

Ao pretender ajudar, Georgina introduziu a borda de um lençol entre os dois cilindros. A lavadeira fez girar a roda sem atentar para os dedos que estavam perto demais. Ouvimos um grito. A mulher, fora de si, não atinou com retroceder, até que mamãe, enlouquecida, afastando-a convulsivamente, imprimiu à roda um movimento na direção contrária. Só então Georgina pôde retirar a mão; pensei que seus ossos tinham sido esmagados até tornar-se pó, que a mão ficaria tão achatada e tão branca como uma luva nunca usada.

Georgina chorava com um desespero desconhecido, enquanto preparavam a carruagem para levá-la à farmácia da vila. Um pouco afastada, observei como os soluços descompunham, pela primeira vez, sua figura certinha e meticulosa; e, enquanto as irmãs tentavam consolá-la, alguém mantinha sua mão no alto.

Antes que ela subisse ao breque, achei que devia me aproximar. Pensei que talvez achassem estranho o meu distanciamento ou acreditassem que eu não me condoía, ao contrário delas; mas, desde pequena, todas as vezes em que aconteceu algo grave entre pessoas que me são familiares, não consegui livrar-me da sensação incômoda de que nenhum dos meus gestos passa despercebido, de que alguém sempre está me observando. Mais tarde comprovei que éramos todas iguais.

Quando resolvi me aproximar, foi com um medo horrível, e só então, muito de perto, olhei o dedinho. Era impossível verificar a marca dos cilindros, o dedo achatado, talvez separado da mão. O sangue obscurecia tudo. Ao comprovar isso, quase me alegrei, porque assim sua dor não me doía tanto.

Desde bem pequena eu gostava de observar os outros com muita atenção. Aos 6 anos, esse já era um costume bastante arraigado em mim. Depois eu ria; ria tanto que mamãe tinha de avisar às visitas que eu era muito "cheeky". Embora, em inglês, isso signifique insolente, eu sei que não era insolência nem agressividade, porque esse hábito me acompanhou até que fiquei mais velha e pude analisá-lo.

Ao cravar os olhos nas pessoas que vinham nos ver — o pároco, o médico da vila, o bispo de X, todos os visitantes que deviam ser hóspedes de nossa casa —, eu imaginava seu perfil por dentro. Era como se me introduzisse na pessoa, fisicamente, mas só no rosto. Diante de um corcunda ou de um manco, nunca senti esses desejos de reconstruir sua figura com meu próprio corpo. Mas o perfil...! Esses perfis quietos que, de repente, têm uma curva para todas as lágrimas; esses perfis que sempre espreitamos por trás de um vidro embaçado, ou essas caras que parecem feitas, especialmente, para atrair as moscas. Por que será que as moscas sempre pousam sobre o rosto de alguém não muito querido...? Por acaso não atentam para os que estão mais perto?

Aos 6 anos eu ria se observasse uma curva pronunciada no nariz de qualquer dos homens importantes que passavam pela minha casa, e deslizava para dentro de suas caras, colocando meu corpo dentro dos seus rostos para adaptá-lo aos seus contornos.

Às vezes ficava de joelhos, com os braços abertos: era o rosto do pároco, o nariz estirado, reto, as sobrancelhas pouco pronunciadas. Outras vezes me inspirava na cara do médico principal. Então era necessário que me sentasse à turca, para formar seu nariz aberto; as pontas dos meus pés bastavam para desenhar-lhe a boca quase inexistente; os braços dobrados equivaliam aos seus olhos pequenos.

O engenheiro Bok, de barba quadrada e ruiva, requeria um sacrifício maior. Eu devia me instalar de cabeça para baixo, a fim de que meus cabelos formassem a sua barba; as mãos levemente unidas nas costas, as pernas dobradas, formando um ângulo obtuso com o corpo, para imprimir aos seus olhos aquele pequeno estiramento que lhe erguia as sobrancelhas acima do normal.

Esse passatempo durou vários anos. Depois alguém me disse que pelo perfil se conheciam as pessoas, e, quando lhe confessei que procurava sempre deslizar para dentro do perfil dos outros, respondeu-me, muito sério, que o perfil deve dizer tudo a partir do lado de fora. Mas não lhe fiz caso, porque me pareceu muito pouco divertido.

Uma tarde — eu já contava 11 anos —, desejei me introduzir na cara de certa pessoa para formar suas feições com meu corpo. Tive de construir muitas figuras imaginárias, muitos braços caídos, muitas pernas enredadas. Quando consegui, o resultado era tão terrível que me deu medo.

Dois meses depois, essa pessoa morreu. Imaginei-a dentro do ataúde na postura que eu construí para ela e que havia sido como um presságio.

Desde então, ao observar um desconhecido, o hábito me dobrava o corpo, lentamente, para inserir-me dentro do seu rosto; mas a brincadeira já não me trazia nenhuma satisfação, nenhum regozijo, e acabei por abandoná-la.

Por causa de uma doença bastante grave, ao completar 4 anos Susana se esqueceu de caminhar, e só depois de algum tempo foi aprendendo, de novo, a mover as pernas. Sempre de mau humor, zangava-se por qualquer contrariedade; era preciso travar uma luta sempre que o médico devia auscultá-la, e, quando instada a lhe mostrar a língua, ela aquiescia depois de muita espera, mas imprimindo-lhe um movimento de rotação que dificultava o exame.

Na hora do desjejum, dependíamos todas do seu estado de espírito.

— Eu quero chorar! — gritava de repente, e, por mais que alguém se apressasse a impedi-la, prorrompia em um pranto inconsolável. Mamãe procurava acalmá-la umedecendo-lhe a nuca com uma esponja molhada.

— Agora quero rir! — e, ato contínuo, todos os rostos se distendiam ante essa mudança satisfatória.

— Agora quero chorar! — e assim sucessivamente, durante os dois ou três meses em que sofremos, sem dizer palavra, a instabilidade do seu barômetro anímico. Qualquer agastamento a prejudicava tanto que não restava outro remédio senão obedecer-lhe. Só que nos era impossível chorar sem motivo, e muitas vezes quase não conseguíamos dissimular nossa impaciência ante seus olhos azuis, tremendamente abertos, e a impetuosidade ruiva de sua cabeleira.

Enquanto precisou guardar leito solicitava, continuamente, a presença da preceptora.

— Quero que venha Lala! — assim diminuía o nome misterioso e familiar de Miss Whiteside.

Quando Lala aparecia, ela lhe ordenava, aos gritos, que fosse embora, e com o mesmo tom intempestivo repetia sua ordem à uma, às duas, às três da manhã, até adormecer. Sem a menor impaciência, com uma suavidade inalterável, a preceptora sempre se apresentava ao seu chamado.

— Ponha minha boneca ali! Agora tire! Não quero vê-la! Vá embora! Vá logo! Quero chorar!

Miss Whiteside saía. Após duas noites dessa tarefa estafante, optou por sentar-se atrás de um biombo, e mal tinha conseguido adormecer quando a voz, lá da cama, repetia o mandado.

— Quero que venha Lala!

Miss Whiteside surgia por trás do biombo e em seguida, à contra-ordem, esfumava-se de mansinho, sobre seus saltos de borracha, para tratar de dormir em seu esconderijo.

Mãos pesadas e parcimoniosas, como se toda a vida dependesse de um dos seus gestos, movia os braços, um depois do outro, até quando precisava usar os dois para levantar algum objeto. Ao estreitar alguém, o braço direito chegava um instante mais tarde, como se vacilasse primeiro e em seguida se apressasse, arrependido, a sublinhar o afeto. Quando pedia um copo d'água, não a bebia como os outros, de uma vez, mas em pequenos sorvos, afastando o copo da boca — como se a experimentasse — a cada gole. Se lhe fosse necessário dizer a palavra "muito"— muito calor, muito obrigado —, ficava atônito, como que ofendido; depois, em voz mais baixa, repetia: "muito, muito".

Certa vez uma mosca parou quieta sobre seu braço nu. Nós dois a vimos, mas estranhei que ele não a espantasse e aguardei alguns minutos para ver o que acontecia. De repente me disse, com a voz insegura dos que estão prestes a chorar:

— Vá embora, menina. Acho que a senhora a chama...

— Eu pensei que ele queria comer a mosca.

Ocupava um quarto perto da nossa quinta e o chamavam quando era necessário colher as frutas ou podar as árvores. Ao cortar um ramo, olhava-o um tempinho e depois, desviando os olhos, deixava-o cair. Por mais que alguém lhe sugerisse apressar-se, bancava o distraído, pretextando que a árvore estava empesteada e que era preciso ter certeza.

Uma tarde adormeceu junto de um muro; eu me aproximei nas pontas dos pés e passei-lhe um raminho pelo rosto e pelo pescoço, para ele acreditar que aquilo era um bicho. Despertou como se acabasse de sonhar coisas tristes e, enquanto eu ria um pouco forçada, pôs-se de pé, passando a mão pela testa.

— Eu estava em minha casa enquanto a senhorita ria, menina. Muito obrigado. — Repetiu "muito" em voz baixa e se foi.

Desde então não voltou a trabalhar em nossa quinta.

Durante o inverno, Miss Whiteside nos levava a passear, duas ou três vezes por semana.

Vestidas todas iguais: uma saia azul, um suéter vermelho ou verde, com um gorro da mesma cor, antes de chegarmos à vila ela nos recomendava, num inglês empolado: "Lembrem-se do sangue azul e portem-se de acordo com ele", mas, ao avançarmos as cinco, rodeando a preceptora, pela avenida del Nevado, essa advertência jactanciosa não impedia o comentário com que os outros nos apontavam: "Aí vem a família colorada, a família verde..."

Outras vezes percorríamos uma avenida muito ampla, sem calçamento, que ainda conserva o nome de "Algarrobo Bonito" e que sempre desprendia um cheiro de terra molhada. Mas uma tarde, ao observar que a perspectiva desse passeio nos produzia um interesse excessivo, Miss Whiteside decidiu que não chegássemos até o final, sob o pretexto de que o trecho percorrido já era suficiente.

Para além da algarobeira que dava seu nome à avenida, existia um grupo de casas muito modestas, habitadas por gente que passava a maior parte do dia à porta da rua. Em frente a uma dessas moradias sempre encontrávamos uma criaturinha deitada dentro de um caixote de madeira, de tamanho só um pouco maior que o de uma caixa de sapatos.

Na primeira vez em que a vimos recostada dentro do caixote, imaginamos que brincava de ser uma boneca. As crianças corriam ao seu redor e saltavam por cima dela sem que o menor assombro nem a menor revolta a fizessem levantar-se.

Depois de vê-la muitas vezes, começamos a ficar intrigadas com sua insistência em permanecer dentro do caixote. Embora parecesse muito débil e muito cansada, não conseguíamos compreender como uma criança, que teria no máximo 2 anos, pudesse arraigar em si um costume tão estranho.

Um dia soubemos a verdade. Apesar das aparências, tinha 4 anos e meio. Ao completar 15 meses, subitamente deixara de crescer, e já se haviam passado dois anos sem que se notasse nela nenhuma mudança. Quando seus pais descobriram que permanecia muito quietinha e se distraía tanto em olhar as crianças e as pessoas que passavam pela rua, colocaram-na dentro de uma caixa, para que não caísse, junto ao umbral da porta, e, como parecia que isso a agradava, toda tarde, ao iniciar-se o movimento na avenida del Algarrobo, transferiam-na para a calçada, deitada em seu caixotinho.

Dois anos depois de chegar a Mendoza, Marta teve uma peritonite e, durante a convalescença, o médico lhe receitou banhos de sol, cada dia mais prolongados.

Com uma resignação que era, na verdade, mau humor recolhido, depois do almoço, pernas cobertas por uma manta, roupa arregaçada até a cintura, ela passava longas horas no terraço com o ventre desnudo, de uma cor semelhante à do pão torrado.

Durante dois ou três meses, nós a vimos, diariamente, nessa atitude. Com freqüência lhe gritávamos, para irritá-la: "barriga marrom, barriga marrom." Ela ficava tão humilhada, sentia uma debilidade tão grande, que não atinava em nos responder nada e punha-se a chorar, com uns gestos estranhos e mudos que eu nunca observei em nenhuma outra criança.

Uma tarde ouvimos que murmurava em voz baixa:

— Deus é mau. Deus é mau...

Acabava de completar 10 anos, e essa frase, que por si só nos parecia muito grave, nos impressionou muito mais quando verificamos que ela a repetia com uma voz fixa, conclusiva e peremptória.

Depois me contou que, durante muito tempo, se sentira tão infeliz que só atinava em dizer "Deus é mau". Precisava pronunciar isso em voz alta, como se desafiasse alguém. Apoiados nessa frase, ainda que só transitoriamente, seus 10 anos me pareceram tão terríveis como se uma criança esperasse que escurecesse para repetir a si mesma, na solidão: "Minha mãe é má, minha mãe é má", e pensei que nenhum esquecimento poderia recair sobre esse mau humor, sobre esse cansaço.

Uma vez em que a escutei do meu quarto, enquanto ela tomava seus banhos de sol, estive prestes a dizer-lhe, baixinho: "barriga marrom, barriga marrom", escondida atrás da porta. Mas senti um pouco de vergonha quando comprovei que seus lábios se moviam, lentamente, para que ninguém notasse que ela falava sozinha.

Essa obsessão a seguiu por muito tempo. Depois, quando a comentamos juntas, anos mais tarde, eu me tranqüilizei ao saber que, ao mesmo tempo, ela rezava todas as noites como todas nós.

DIARIAMENTE MISS Whiteside nos reunia no quarto onde nos dava aula, para prosseguir os cursos de inglês, geografia, história e religião. Minhas irmãs estudavam conscienciosamente. Susana e eu começamos mais tarde, e ainda recordo o livro de Manet no qual li as primeiras coisas. Da Argentina sabíamos muito pouco.

À tarde, enquanto as irmãs praticavam escalas no piano ou aprendiam a cerzir meias naqueles grandes ovos de madeira que já quase ninguém utiliza, eu me distraía, sentada no chão, com meu passatempo favorito. Com uma tesoura, recortava palavras dos jornais locais e estrangeiros e ia empilhando-as em montinhos. Na maioria das vezes, desconhecia-lhes o significado, mas isso não me preocupava nem um pouco. Só me atraía seu aspecto tipográfico, a parte densa ou rala das letras. As palavras em maiúsculas, como TWILIGHT, DISCOVERY, DAGUERREÓTIPO, LABIRINTO, THERAPEUTHIC, produziam-me por si mesmas um entusiasmo e uma satisfação que, agora, eu teria de qualificar como estética. Sua qualidade íntima, expressiva e misteriosa, as perspectivas que eu podia achar por trás de algumas, não despertavam em mim o menor interesse. Eu as recortava, unicamente, para buscar nelas essa ressonância, um pouco difícil, das palavras menos usuais, das palavras que sempre me atraíram mais e que vivem como que separadas das outras. As letras emaranhadas, os pauzinhos tesos dos L e dos T me proporcionavam mais distração do que um jogo de paciência.

E assim foi que, enquanto ouvia os nomes de Nelson, de Napoleão, de Wellington — raras vezes o de um prócer argentino —, inconscientemente facilitei, com essa solitária brincadeira tipográfica, o erro de crer na palavra em si, em sua beleza aparente, que só alcança sua plenitude lá atrás, no interior de si mesma.

Em frente à nossa quinta existiam várias casas e um rancho, cujas paredes de barro, esfareladas e cheias de remendos, mal conseguiam mantê-lo em pé. A esse rancho chegou certo dia um casal tão submergido na miséria que, ao refugiar-se ali, nem sequer tinha onde sentar-se, até que mamãe lhes enviou roupa, comida e duas cadeiras de balanço de vime. A mulher raras vezes saía do rancho e, nessas ocasiões, nós a avistávamos de longe, agachada, os ombros sempre cobertos por um velho fichu. Depois nos inteiramos de que ela estava tuberculosa e que o marido mal conseguia juntar uns centavos fazendo pequenos trabalhos de carpintaria.

Uma tarde soubemos que Andrea agonizava, e, quando circulou a notícia de que ela havia morrido, vimos que o marido chamava à porta do jardim. Imaginamos que queria alguma ajuda para o enterro ou mais algumas flores, mas ele só vinha pedir um alfinete de fralda para fechar a gola da camisa. Parecia-lhe indecente velá-la com a garganta descoberta e essa era a única mudança de indumentária com que ele podia arcar ante a morte de sua mulher.

Achamos terrível que ele só pedisse um alfinete de fralda.

Quando meu pai foi vê-lo, encontrou-o sozinho no aposento, de pé em frente ao cadáver que ele mesmo havia envolvido num lençol e deitado dentro do caixão. Duas velas ordinárias iluminavam a cabeceira. A luz saía até a rua pela janela derruída e se enchia de poeira.

Na manhã seguinte, bem cedo, ouvimos umas marteladas. Era o homem do rancho, que fechava o caixão. Nós o imaginamos sozinho no quarto, trabalhando como de costume, pondo alguns pregos na boca, enquanto colocava a tampa sobre o corpo tão conhecido e miserável.

Antes do meio-dia, um carro da municipalidade levou o caixão.

Não creio que nenhuma pobreza me tenha tocado tanto, desde então.

A GENTE da vila, os vizinhos, os hóspedes, todos os que passavam pela nossa casa tinham algo a dizer sobre a doçura do seu rosto, dos seus cachos, dos seus grandes olhos azuis. Até a idade de 5 anos foi uma criança perfeita e as irmãs maiores vagavam ao seu redor desde que ele contava poucos meses, para que mamãe lhes permitisse fazê-lo dormir, trocá-lo, segurá-lo nos braços.

Uma noite em que meus pais se ausentaram por algumas horas, Eduardito ficou a cargo da ama-seca, que se retirou para seu aposento depois de colocá-lo para dormir. Do berço onde ele estava instalado, ao lado da cama de mamãe, seu pranto podia chegar até nossos dormitórios. Antes de nos deitarmos, fomos vê-lo, e o assombro dos seus grandes olhos celestes e pensativos, embaixo do mosquiteiro, nos acompanhou por algum tempo até que adormecemos.

Nessa noite ele talvez pressentisse que a cama grande estava vazia. Habituado a ser acudido de imediato, foi aumentando seu pranto baixinho até alcançar um tom desesperado e premente. De suas camas, as irmãs comentavam que ele não devia estar desperto àquela hora, que chorar tanto podia lhe fazer mal. As duas mais velhas decidiram levantar-se e, como sempre, nós as imitamos.

Uma atrás da outra, de camisola, dirigimo-nos ao dormitório de mamãe. Irene achou desnecessário despertar a ama-seca e pediu que voltássemos a nos deitar, pois ela o acalmaria, e, para que Marta não continuasse a acusá-la de aproveitar-se por ser a mais velha, prometeu chamá-la se Eduardito não adormecesse logo.

De nossas camas ouvíamos o pranto monótono e persistente até que, de repente, sobreveio um longo silêncio. Transcorreram 15 minutos. A impaciência de Marta, ao comprovar que Irene não voltava, acabou por fazer-nos decidir investigar a causa.

Avançamos pelo corredor nas pontas dos pés até assomarmos ao dormitório de mamãe. Sentada na cama, em uma atitude de sacrifício e mistério, Irene mantinha Eduardito entre os braços. A camisola desabotoada descobria seu peito nu. Ela só contava 13 anos e as irmãs, apesar de havê-la surpreendido, algumas vezes, semivestida, nunca haviam visto mais do que aquela leve curva que provocou muitos cochichos e comentários zombeteiros. Estupefatas, comprovamos que ela introduzia uma das mãos da mesma forma como mamãe fazia e levantava, um pouco, a pequena redondez do seu seio contra o qual se apoiava a boca de Eduardito.

Ressentidas, quem sabe inconscientemente enojadas, saímos do quarto. Pareceu-nos que Irene era "grande", de repente.

HAVÍAMOS FABRICADO grandes chapéus de papel, e de pé, as cinco diante de um espelho, cada uma parada em frente ao próprio rosto, contemplávamos o efeito da sombra sobre os olhos, o resplendor diferente que a luz da janela adquiria em nossos cabelos, contra o papel de jornal.

De repente a porta se abriu, e uma corrente de ar os fez vacilar sobre nossas cabeças.

Uma das minhas irmãs disse:

— A primeira que perder seu chapéu vai morrer antes das outras...

Imóveis em frente ao espelho, braços entrelaçados para não cometer nenhuma trapaça, brincamos de quem seria a primeira a morrer.

Um medo horrível foi me invadindo, lentamente. A porta aberta deixava entrar um ar rápido e perigoso que, de um momento para outro, poderia me despojar do meu chapéu. Pensei em Irene, em Marta, em Georgina, em Susana, em mim mesma, e enquanto as olhava de esguelha, sorrindo com elas, uma morta de vinte anos se deitava sobre o rosto de cada uma das minhas irmãs; uma morta jovem e perfeita, com uma só flor sobre o travesseiro.

O vento agitava os grandes triângulos de papel, sem chegar a derrubá-los.

Georgina, com os olhos absortos em alguma visão terrível, parecida com a minha, exclamou bruscamente:

— Não gosto destas brincadeiras — e, afastando-se do espelho, arrancou o chapéu e jogou-o, amassado, contra o solo.

Durante um tempo, a fileira de cabeças em frente ao espelho me entregava imagens prováveis e tristes, rostos velados para sempre, e me pareceu que teria sido melhor aguardar que o vento assinalasse a morte mais próxima, para sermos mais doces, mais ternas, com a irmã que devia morrer primeiro.

DESDE QUE completei 4 anos já me rodeavam com o estribilho "Não é bonita, mas tem um cabelo tão lindo! Parece um garoto." Esses comentários não chegavam a me afetar nessa época, e, quando alguém me acariciava a cabeça manifestando que eu parecia um menino, eu acreditava, candidamente, que isso implicava um elogio.

Uma tarde me chamaram ao terraço. O caixeiro-viajante a quem se encomendavam as compras em Buenos Aires aguardava ali, carregado de pacotes e de caixas. Imaginei que me teriam comprado algum vestido novo para os domingos, quando a preceptora nos levava ao Clube ou a caminhar pela avenida del Nevado.

Quando saí à "*verandah*" me pareceu que todos me escondiam algo. Observei que meu pai tinha uma luzinha nos olhos, a luz que notávamos nele quando estava despreocupado. Depois vi a mamãe cortando fitas, ajeitando laços, experimentando um chapéu de abas largas.

Meu pai me tomou nos braços e me colocou sobre a mesa. As outras já haviam bisbilhotado tudo, e tive um certo medo porque me pareceu que esperavam algo de mim e do que se ocultava na caixa que minha mãe abria nesse instante.

Sempre vestida em dupla com Susana — para Irene compravam roupas diferentes, Marta e Georgina eram vestidas iguais —, surpreendeu-me que ela não estivesse também sobre a mesa.

Quando mamãe acabou de abrir a caixa, vi que extraía dali uma roupa escura, de tecido pesado. Depois de me tirar o avental, alguém me obrigou a levantar uma perna, e em seguida a outra. Acostumada a introduzir a cabeça ao colocar um vestido, esse novo procedimento começou a me indignar tanto quanto o ar alvoroçado das minhas irmãs. Pensei que estavam me fantasiando e não concebia como podiam ter escolhido a mim, a mais feia.

Uma vez abotoados os suspensórios, me puseram um paletó e me deixaram, sozinha, sobre a mesa.

— Agora é que ela parece mesmo um homenzinho! — exclamou a mamãe, enquanto as irmãs contemplavam o resultado dessa nova indumentária, aprovando-a e sorrindo.

Meus olhos começaram a arder e, de repente, senti-me abandonada e ridícula. Achei que pretendiam me exibir até que, pouco a pouco, foi-me subindo um soluço, o primeiro, indignado e rebelde. Eu não queria chorar. Parecia-me absurdo chorar vestida de homem, e soltei um grito.

— Não quero ser homem! Não quero ser homem!

Mamãe me tomou nos braços para me despir da roupa nova e estranha. Chorei tanto que meu desespero mais parecia uma crise nervosa. Assustada, arrependida, mamãe me acariciava, enquanto os outros, meio envergonhados, escondiam o terno e levavam suas coisas. Nunca voltamos a comentar esse episódio.

O QUE mais nos atraía na avenida del Nevado era o cinema, ao qual só comparecíamos quando algum circo realizava uma matinê. Ao passar na frente dele, sempre nos detínhamos ante seus anúncios, à espera do momento em que nos permitissem penetrar naquela sala conhecida, quando a enchesse aquela escuridão que pressentíamos misteriosa, densa e diferente de qualquer outra.

Uma tarde em que estreava uma fita cômica, mamãe decidiu, por fim, deixar-nos ir ver um filme.

Quando retornamos, nosso entusiasmo ultrapassava todas as previsões. Comentávamos tudo: as mesinhas situadas ao lado dos camarotes, onde nos serviram chá acompanhado de grandes pratos de batatas fritas; o pequeno estremecimento quando as luzes se apagaram sem que pudéssemos distinguir onde se encontrava Miss Whiteside; o instante maravilhoso em que a tela se iluminou e vimos que uma mulher avançava para nós, fitando-nos o tempo todo.

Nessa noite, para festejar o acontecimento, permitiram-nos jantar com os adultos, e permanecemos no terraço até uma hora mais avançada que a habitual.

Mas, de repente, nossas vozes deixaram de propalar pela casa uma sonoridade de festa. Os passos de um cavaleiro retumbaram, monotonamente, sobre o caminho que limitava nossa quinta. Um impulso que não poderíamos explicar nos precipitou para o portão. Montado em um tordilho, que avançava a passo, com a cabeça baixa e as rédeas soltas, vinha um homem que não conseguimos reconhecer porque a aba do chambergo lhe escurecia a cara. Durante alguns segundos, a luz de nosso portão o iluminou obliquamente. Vimos um vulto atravessado sobre a garupa do cavalo. Era o cadáver de um homem. De bruços sobre o animal, os braços lhe pendiam de um lado, as pernas do outro, balançando-se tristemente, até que seu vaivém indolente entrou, devagar, na sombra que parecia aguardá-lo.

Quando recordo o primeiro filme que vimos, sempre o atravessa esse homem solitário a caminho do cemitério da vila.

MARTA GERALMENTE inventava suas brincadeiras, das quais quase nunca nos permitia participar. Enquanto se entretinha, sozinha, em alguma nova, assemelhava-se àquelas crianças que brincam como se fosse necessário fazê-lo, ou como se pressentissem a insistência e os rostos surpreendidos dos adultos ante o espetáculo inaudito de uma criança que não quer brincar, que prefere permanecer quietinha em um canto da casa ou debruçada a uma janela aberta.

Suas mãos descascadas e sua intransigência quando decidíamos representar alguma peça de teatro constituem as duas circunstâncias de sua meninice que eu mais recordo. Quando a preceptora nos fazia aprender alguma peça infantil, Marta sempre opunha obstáculos à distribuição das personagens. Miss Whiteside, para afastar toda intenção de favoritismo, entregava o papel principal a Irene, o segundo a Marta, e assim sucessivamente. Todas aceitávamos, sem nenhuma objeção, a parte que nos correspondia. Marta, ao contrário, não tolerava que lhe concedessem uma personagem desprovida de grandeza, de formosura, ou que não tivesse destaque, e antes de aceitar um papel secundário provocava um conflito tão grave como o suscitado por "A bela adormecida", em que ela só queria ser a dama apagada e sensitiva em sua caixa de cristal.

Recordo que uma tarde, quando finalizávamos uma partida de croqué, vimos que ela se afastava em direção ao curral onde ficavam as cabras. Convencidas de que inventaria algo novo, e como demorasse a voltar, decidimos ir verificar o que ocorria. Ao chegarmos à porteira notamos que ela examinava o solo com atenção, enquanto uma cabra a observava com olhos assombrados.

— Querem ver o que eu estou fazendo? — perguntou-nos, mostrando um raminho que havia procurado ocultar no primeiro momento. Sem esperar nossa resposta, aproximou-se da cabra menos arisca e segurou-lhe a cauda com uma das mãos, enquanto lhe introduzia, com a outra, uma ponta do raminho. A cabra deu um salto e depois, recuperada de sua surpresa, semeou a terra com bolinhas pretas. Enquanto Marta ria, observamos que o curral estava abarrotado delas.

— Ainda me faltam duas — anunciou, como se o êxito obtido a satisfizesse plenamente, mas nós, indignadas, já nos tínhamos afastado.

NUNCA PODEREI esquecer aquilo, porque o dedo ainda mostra uma marca branca que parece eletrizar-se quando roça algum objeto.

Certa manhã — eu tinha 8 anos — empenhei-me em cortar o miolo de um pão, um daqueles miolos meio crus que nos atraíam a todas por igual. As facas estavam recém-amoladas, e a de pão, em forma de serra, dava um cunho complicado a uma operação tão simples como a de cortar fatias.

Alguém me arrebatou a faca. Obstinada, procurei retê-la, mas minha mão chegou um pouco tarde e encontrei, quase desde o cabo, a lâmina ondulada e afiada. Uma das irmãs puxou-a e, enquanto meus dedos resvalavam sobre o fio, tive a impressão de que algo quente ficava na faca. Em seguida soube que era a dor, e que a lâmina, ao sair da minha mão, havia aberto o dedo anular até o osso.

Embora eu tenha precisado mantê-lo imobilizado sobre o peito durante várias semanas, quando me tiraram as ataduras a cicatriz quase branca parecia mais viva do que nunca.

Depois de algum tempo comecei a esquecer-me dela, a não provocar, com tanta freqüência, aquela espécie de contato elétrico que eu experimentava ao esfregá-la e que me produzia uma sensação estranha e agradável.

Uma noite, no fim do ano, permitiram-nos beber champanhe. Eu desejava me sentir triste, pois acreditava que entristecer-se com a bebida caía bem. Quando fui me deitar, um pouco mais desperta que em outras noites, permaneci na cama, longo tempo, pensando nas mulheres trágicas, enfermas, com as mãos estendidas sobre a colcha, ou sentadas junto a uma janela. Mas minha cama parecia inclinar-se para um lado.

Não recordo se, ao tocar sem querer a cicatriz, suscitei aquele golpe nervoso que fazia muito tempo eu não experimentava e que me percorria o braço como quando um cachorro passa a língua, várias vezes, pela palma de uma mão. De repente, pareceu-me que umas cócegas me levantavam o dedo anular, separando-o dos outros, e que essas cócegas se traduziam em uma palavra: “Itilínkili”. Pensei que não havia entendido bem, e, ao erguer um pouco a mão, vi que o dedinho estava levantado, olhando-me, enquanto me dizia “Itilínkili”.

Pareceu-me que “Itilínkili” implicava uma reprimenda ou uma lembrança ressentida porque eu não o vigiava todos os dias. Itilínkili, Itilínkili... ouvi-o repetir, até que adormeci com a sensação de que o dedinho permanecia de pé, toda a noite, falando-me de sua tristeza.

Depois, sempre que bebia um pouco, eu o via erguer-se para me dizer sua palavra. Uma noite ele se cansou. Agora já não o ouço mais. Itilínkili, Itilínkili...

QUANDO GEORGINA tinha 1 ano — Susana e eu ainda não havíamos nascido —, a ama-seca que a levava a passear na praça em seu carrinho deu-lhe um ramo para que ela se distraísse. Georgina, em um descuido, engoliu uma das folhas e, anos depois, mamãe costumava descrever-nos as angústias dela, por acreditar que ia morrer.

À força de habilidade e de malícia, as irmãs mais velhas conseguiram convencê-la de que a folha ainda estava dentro dela e, assim que encontrasse uma árvore da mesma espécie daquela à qual havia pertencido, iria mover-se de leve e em seguida subir-lhe à boca, até que o vento finalmente a depositasse em um dos ramos. Para isso era necessário, sobretudo, saber de que árvore procedia, encostar-se às que existiam na quinta para ajudar a folha a reconhecê-las de lá do seu esconderijo. Do contrário, outra árvore lhe cresceria por dentro.

Amedrontada, vacilante, Georgina ia de uma árvore a outra, apoiava-se em seus grandes troncos, e permanecia contemplando suas ramagens, como se esperasse que sobreviesse algo inusitado e misterioso.

De vez em quando, alguma das irmãs se aproximava para perguntar-lhe:

— Não está sentindo nada? Alguma coisa se movendo aí dentro? — e, enquanto Georgina apalpava a garganta, balançando negativamente a cabeça, prosseguia: — Deve ser aquela, ou a que está perto do portão. As duas não têm folhas muito grandes...

Atemorizadas, Susana e eu a seguíamos, pensando em como seria terrível se uma árvore lhe crescesse, inteirinha, dentro do corpo.

Quando se cansaram da brincadeira, as irmãs decidiram fazê-la crer que uma árvore acabava de reconhecer a folha e que já não era necessário aguardar que esta lhe subisse à boca, porque, à noite, enquanto ela dormisse, a folha voaria para sua árvore sem que ela se desse conta.

Na manhã seguinte, assim que nos sentamos para tomar o desjejum, Marta perguntou:

— Como você está? Não se sente melhor, agora que já não tem a folha aí dentro?

Mas Georgina riu. Já havia chorado nos braços de mamãe.

Ao SECAR a terra e conferir-lhe um aspecto apagado, alvacento, o salitre a fracionava em pedaços multiformes, ligeiramente curvados para cima. Às vezes nós cinco, ajoelhadas no caminho, empilhávamos grandes fragmentos dessa terra separada e endurecida, que, apesar de suas gretas, não se quebrava se deslizássemos a mão por baixo, com cautela, para retirá-la do lugar.

Quantas vezes, caminhando entre os álamos, evitei pisar um desses enormes tijolos de terra, de bordas brancas e fendas profundas e precisas, deitados no caminho como as grandes folhas que vivem nos tanques!

Antes de desenhar nossos nomes com um raminho, retirávamos alguns dos pedaços de terra que compunham um interminável jogo de paciência e os colocávamos em fileira, com toda a precaução. Se uma dessas pequenas ilhas secas se quebrasse em nossas mãos, nós a esfarelávamos até torná-la pó, para que não ficasse sozinha e pudesse, de novo, ser caminho. Logo embaixo, achávamos a terra macia, removível, sobre a qual desenhávamos as letras de algum nome.

Ao atravessar a praça da vila, víamos acantoados, junto aos bancos, inumeráveis mosaicos de terra rompida, como se sua presença debruada de cinza, ou a distração de suas fendas, tivessem provocado uma impaciência. Durante algum tempo acreditei que isso se devia ao atrito dos sapatos, ao ir-e-vir dos ocupantes do banco. Agora sei que eram os casais de namorados que os afastavam para um lado a fim de poder escrever, como nós, sobre a terra fresca que eles recobriam, o nome mais familiar e mais querido. Ao observar que um pé impaciente os acumulava embaixo dos assentos, atrás de uma árvore, uma ternura estranha me fazia desviar os olhos, segura de que, se não estivesse acompanhada, eu só precisaria polvilhá-los sobre o caminho para desprender, de mim, aquela urgência por evitar que alguma coisa ficasse sozinha.

Quando penso na casa de Mendoza, mais que as árvores, mais que a paisagem, vêm ao meu encontro esses pedaços de terra colocados sobre o caminho, como grandes folhas imóveis que o vento não consegue arrastar, e a recordação os empilha, outra vez, ao lado de algum banco, atrás de uma árvore, para que a dureza deles não prejudique a caligrafia mais desmanchada e doce.

DEPOIS DO almoço percebíamos um rumor parecido com o que os cavalos produzem quando mastigam milho. Eram as rodas da carruagem sobre o cascalho. Pascual, o cocheiro, anunciava que podíamos ocupar o breque, e em meia hora de trajeto chegávamos, as cinco, à quinta de Madame Lagrange, que nos dava aulas de francês e de quem ainda nos lembramos por sua finura e sua elegância.

Madame Lagrange nos recebia sempre como se fôssemos convidadas e, por mais que nos apresentássemos em sua casa quatro vezes por semana, o frescor de sua recepção nunca se acostumou a uma modalidade habitual, nem demonstrou o menor indício de que dois dias antes ela nos havia acolhido de idêntica maneira.

Sua filha, de 15 anos, chamada Jacquette, de compridas tranças escuras sobre o peito, me enchia de admiração. Esta, no entanto, conhecia freqüentes intermitências, pois eu a admirava tão-somente ao recordá-la. Ao vê-la de perto, ajudando-nos a despir os agasalhos, servindo-nos o leite temperado com canela, de que tanto gostávamos, minha admiração decrescia até aproximar-se da indiferença, e eu teria preferido vê-la menos, ou que me contassem episódios nos quais ela interviesse.

Nessa época eu estava convencida de que as mulheres deviam ser muito débeis, fisicamente, e de que uma espécie de languidez, uma perpétua convalescença, constituía a característica da verdadeira feminilidade. Certa de que uma mulher capaz de desmaiar freqüentemente era perfeita, uma noite me deitei com uma mão perto da garganta, imaginando-me desmaiada. Ansiosa por chegar a ser uma mulher ideal, abstive-me de respirar e, entrefechando os olhos, aguardei que o teto e as paredes começassem a girar ao meu redor, docemente, até que sobreviesse o sinal precursor do desmaio. Mas nessa noite adormeci mais depressa do que nunca.

Uma tarde Madame Lagrange nos avisou que não aguardássemos Jacquette para a hora do chá, porque ela havia desmaiado quando a faziam experimentar um vestido. Nem bem ouvi a palavra desmaio, permaneci atenta, certa de que, por fim, me encontraria diante de uma mulher perfeita. Quando minha irmã mais velha perguntou se isso significava um sintoma grave, fiquei em suspenso, temendo que fosse algo anormal, pois nesse caso já não me interessaria tanto. Senti um grande alívio quando a professora, em um tom que não continha aflição, prosseguiu dizendo:

— Ela sempre desmaia quando faz a prova de um vestido. Não pode ficar de pé muito tempo, sem fazer nada, e, por mais que a costureira se apresse, basta pedir que ela estenda um braço e já é preciso deitá-la e deixá-la tomar ar. No colégio acontece o mesmo. Fui obrigada a solicitar que não lhe exijam prestar os exames de pé.

Convicta e definitiva, minha admiração só requeria um assombro a mais para que o regozijo fosse completo. Necessitava vê-la nessa postura desmaiada que eu pressentia, povoada de palidezes, de mãos que passeiam em cima de uma cortina, do espaldar de uma cadeira, sem conseguir agarrar-se. Pensei em pedir à professora que me permitisse espiar de alguma fresta a próxima vez em que sua filha experimentasse um vestido, mas desisti por temer que as irmãs me repreendessem.

Quando Jacquette, um pouco pálida, entrou na sala de jantar, não parei de fitá-la. Minhas irmãs lhe dirigiam a palavra e a tratavam como se ela fosse uma convalescente. Pareceu-me que um resto de obscuridade velava seus olhos e que as veias do pescoço e das mãos, mais acentuadas do que nunca, se moviam quase imperceptivelmente.

Ao despedir-se de nós, ela se adiantou para, como sempre, pôr em ordem nossos objetos, para nos estender os agasalhos. Todas insistiram em que ficasse quieta e não aceitaram nenhuma ajuda. Eu vacilei um instante; bancando a distraída, permiti que ela segurasse meu agasalho e, apesar de sabê-lo pesado, introduzi os braços lentamente, na esperança de que, se realizasse algum esforço, ela talvez desmaiasse, de novo.

No decorrer desse inverno sofreu apenas três desmaios. Para fortificá-la, obrigavam-na a alimentar-se muito e a fazer exercício, montar a cavalo. Nada me parecia tão absurdo como isso de lhe imporem um regime para despojá-la da anemia que a afligia, e, sempre que ela resistia a um segundo copo de leite, a uma torrada, eu recuperava nesse fastio a certeza de sua feminilidade.

Certa vez, a professora se referiu a ela em um tom tranqüilo que me pareceu de mau agouro. O temor de ouvir algo desagradável me instigou a sair do quarto, mas me abstive, certa de que a professora veria nisso uma incorreção. Resignada, dispus-me a escutar o mínimo possível.

— Jacquette está muito melhor. Os desmaios são cada vez menos freqüentes e o médico garante que dentro de pouco tempo ela já não sofrerá nenhum.

Quando Jacquette entrou na sala de jantar, seu rosto pálido não me produziu nenhuma emoção, nenhum interesse. Ela já era igual a nós.

Georgina estava doente. A cada instante era necessário que mamãe entrasse, quase às apalpadelas, na penumbra de seu quarto, para trocar os lenços frios que lhe cobriam a testa, enquanto nós, no quarto contíguo, procurávamos fazer o menor ruído possível. Enfastiadas desse recolhimento involuntário, decidimos nos afastar da casa para brincar de pique. Quando chegamos perto dos álamos, comprovei que Susana não se encontrava entre nós e resolvi ir procurá-la. Ao entrar no salão, ouvi que alguém se aproximava e me escondi atrás de uma porta com a intenção de assustá-la. Já ia dar um salto quando observei que Susana avançava na pontinha dos pés, fazendo "beicinho", com algo oculto em uma das mãos. Imaginei que a tivessem repreendido e deixei que se afastasse para segui-la.

Depois de certificar-se de que não havia ninguém, ela entrou no quarto de Georgina, para aproximar-se da cama devagarinho e tirar-lhe o lenço da cabeça. Depois estendeu o montinho de fita molhada que trazia na mão, colocou-a sobre a testa de nossa irmã e saiu do quarto da mesma forma silenciosa e contristada.

Com o maior cuidado, aproximei-me da cama. Georgina achava-se adormecida. Sobre sua testa pálida vi uma fita azul-celeste. Era o grande laçarote, a fita predileta de Susana, que mamãe atava aos seus cachos quando ela queria ficar empetecada.

IRENE DEVIA ter uns 14 anos quando todas adoecemos de febre tifóide.

Sempre gostei de ficar doente. Se na hora do desjejum mamãe me pedia, depois de me tocar a testa, que tirasse minha temperatura, ao entregar-lhe o termômetro eu vigiava seu rosto para comprovar alguma mudança de expressão que me proporcionasse o regozijo de saber que deveria ficar na cama. Se, além de manter-me deitada, uma chuva começasse a cair durante a tarde, minha felicidade era completa, pois eu sabia que mamãe e minhas irmãs viriam ao meu quarto para sentar-se ao pé da minha cama, e que tudo o que eu dissesse, por mais insignificante que fosse, seria escutado com mais atenção pelo fato de eu me encontrar enferma.

A febre tifóide de Georgina foi mais virulenta do que a nossa. Pelo período de 15 noites, sua temperatura subiu tanto que foi necessário envolvê-la em lençóis gelados, procedimento que não deixava de provocar em mim uma certa inveja, pois na única vez em que me envolveram em lençóis úmidos tive uma sensação tão misteriosa como a de descer até um lugar desconhecido.

Embora a ama-seca pudesse ajudá-la, mamãe trabalhava dia e noite, sem consentir que ninguém nos desse os remédios, que nada fosse executado durante suas curtas ausências. Às vezes o médico francês que nos atendia passava noites inteiras na casa, porque o trajeto até a dele era tão longo que seria impossível chamá-lo com urgência.

Foi nessa ocasião, e quando nos encontrávamos fora de perigo, que mamãe manifestou, diante de todos, que eu era a mais suave, a que sempre sorria, a que nunca lhe dava nenhum trabalho quando estava doente. Eu me senti enternecida comigo mesma e, como nunca pedia nada, como gostava que as horas transcorressem, uma após outra, em uma longa sonolência, e quase preferia que não me virassem os travesseiros, que não se oferecessem para ajeitar minha cama, pude descobrir, desde cedo, a razão pela qual certo tipo de doente sempre me exasperou tanto. Capaz de desvelar-me por eles, bancava a distraída, contudo, ante a magnitude exagerada de seus males, convencida de que exploravam sua enfermidade, de que se aproveitavam das circunstâncias para chamar a atenção, para pedir coisas, para queixar-se e ficar mal-humorados... como se necessitassem alvoroçar tudo, como se um estado febril não fosse uma das sensações mais agradáveis e a convalescença não estivesse rodeada de um encanto transitório e indefinido.

Depois pensei, com freqüência, que muito poucas pessoas merecem permanecer, ainda que seja de noite, nesse mundo estranho originado pela febre, ou nesse outro mundo da convalescença, povoado de sestas e de sonhos curtos que surgem, inopinadamente, quando não existe nenhuma pressa, nenhuma ansiedade inútil por viver como os outros.

Somente numa vez em que meu estado era muito grave foi que a insônia me pareceu demasiado habitada e nova para que eu a enfrentasse em silêncio, durante horas inteiras. Mamãe, também enferma, tinha sido internada em um sanatório, e me senti tão sozinha, tão distante de todos nessa noite em que só eu continuaria desperta, parecia-me tão terrível que ela não se encontrasse ao meu lado e ignorasse minha gravidade que, como recurso para agarrar-me a algo familiar e querido, fui agravando os pormenores de sua ausência e do meu medo. Quando a angústia se tornou insuportável, pedi a Irene que segurasse minha mão, ou passasse a dela pela minha testa, e, embora a noite já fosse terminar e Irene estivesse muito cansada, o medo — a morfina, ao confundir-me a cabeça, povoava o quarto com lamparinas — me fez exigir-lhe esse gesto que, na manhã seguinte, iria encher-me de arrependimento.

Quando trouxeram mamãe para casa e ela entrou no meu quarto, frágil, meio triste, meio contente, a distância nova que havíamos percorrido separadas nos fez sorrir com os olhos marejados, e só pudemos nos abraçar chorando sobre minha cama.

Ao declinar a febre tifóide, começaram a nos alimentar, mas nos permitiam comer tão pouco que, quando nos traziam o chá com leite, com dois ou três tabletes de açúcar dentro, inventamos o recurso de tirá-los da xícara e beber o chá amargo. Colocávamos os tabletes molhados sobre o travesseiro, procurando evitar que mamãe nos visse, e, depois de tomar o chá, comíamos um por um, devagarinho, para que durassem muito tempo; mas as fronhas de todos os travesseiros apresentavam um pequeno círculo úmido e pegajoso que não conseguíamos ocultar.

Quando nos fortalecemos suficientemente para abandonar a cama, o cabelo nos caía tanto que foi necessário rapar-nos. Ainda existe uma fotografia na qual aparecemos as cinco, todas vestidas iguais, formando uma escadinha de cabeças lisas e reluzentes. Se não fosse por esse detalhe indecoroso, a convalescença teria sido perfeita.

VEIO NOS ver duas vezes. Alta, toda vestida de branco, chegou em um *sulky*[*] guiado por ela mesma, e antes de entrar na casa tirou uma luva, aproximando-se do cavalo para lhe dar um torrão de açúcar.

Em sua segunda visita trouxe um pacotinho que abriu, lentamente, com seus dedos longos e inábeis. Deu um colar de presente a cada uma de nós e permaneceu uma hora no terraço, olhando-nos como se buscasse uma lembrança perdida. Quando mamãe lhe ofereceu uma xícara de chá, aceitou de imediato, mas depois não bebeu um só gole, e antes de ir embora perguntou, com uma voz um pouco triste, se podiam servir-lhe um copo d'água com umas gotas de limão. Dessa vez, mamãe agitou a mão quando o *sulky* dobrou o caminho em frente à avenida de álamos, e nós nos esquecemos de perguntar quem era.

Com freqüência eu a vi passar, vagamente, ao lado de outras lembranças, e estive prestes a perguntar como se chamava, e por que razão não voltou a nos visitar. Algo

---

*Carruagem pequena, de duas rodas e um só assento, conhecida em português como "aranha". (*N. da T.*)

me impedia de averiguá-lo, e quando, muito tempo depois, recordei-a de novo, preferi deixá-la no mistério de sua repentina aparição no pequeno *sulky* ou sentada no terraço com seu grande chapéu de palha sobre a saia.

Também recordo que, antes de ir embora, ela havia desmanchado, fio por fio, devagarinho, toda a fita que atava os presentes, como se estivesse sozinha, esperando.

SUSANA E eu contemplávamos como as arrumavam, com que cuidado mamãe colocava sobre a cabeça de Irene, de Marta e de Georgina as pequenas coroas de flores de laranjeira, das quais emergia um tule branco que chegava até o chão, e, enquanto as mãos da preceptora ajeitavam uma prega e as de Madame Lagrange endireitavam um cacho, experimentávamos um grande vazio, como se, de repente, tivéssemos ficado sozinhas.

Das três, Marta era a menos coibida, a que melhor exibia seu traje de Primeira Comunhão, e tenho certeza de que, ao se dirigir para o altar, no meio das outras duas, ela o fez persuadida de que iniciava um daqueles sonhos maravilhosos que entretinham sua infância e que lhe proporcionavam aquele ar indiferente e tranqüilo.

Irene, como sempre, enchia-nos de admiração. Era tão alta que ninguém acreditaria que ela só tinha 14 anos, e quando inclinou a cabeça, depois de receber a Comunhão, estava tão pálida que, pela primeira vez — apesar de tê-lo ouvido com freqüência —, notei que era muito linda, pois sempre me havia parecido demasiado exuberante e eu não conseguia conceber, nessa época, que fosse possível unir a beleza a um aspecto saudável.

A figura pequenina de Georgina achava-se mais perto da minha ternura e, ao olhá-la, eu satisfazia momentaneamente, nela, a debilidade que guardava em mim por tudo aquilo que não pode arranjar-se sozinho, que exige vigilância e proteção.

Ao sair da igreja nos dirigimos ao estúdio do único fotógrafo que existia na vila. Era um homem jovem que caminhava de um lado para outro, como se buscasse, o tempo todo, algum objeto. Quando se virava para examinar a máquina, voltava a girar com rapidez sobre um dos pés, apresentando um rosto branco, uma boca de lábios estreitos e quase rosados que sorriam como se ele acabasse de surpreender alguém em uma atitude inconveniente. Enquanto situava irmãs diante de um biombo, segurava-lhes o queixo entre o polegar e o indicador, e, depois de ensaiar dez vezes o ângulo que mais lhes convinha, retrocedia com um pequeno salto de bailarina para situar-se, ele mesmo, em uma pose terna e amaneirada.

Nessa manhã vimos, sobre a mesa de seu estúdio, uma caixa de sapatos coberta por um fichu, que ele, ao observar nosso interesse, levantou com grande cuidado. Imóvel dentro dela, um coelho branco, de olhos rosados, quase opacos, agonizava tão lentamente que exigia do fotógrafo voltar os olhos para a caixa e aproveitar qualquer pretexto — enquanto perpetuava os clientes rodeados de colunas e escadarias versalhescas — para aproximar-se na ponta dos pés e vigiar a morte do seu coelho.

Susana e eu permanecemos junto à caixa enquanto as irmãs procuravam manter-se na pose. Quando ouvi o obturador da máquina, meu olhar passou, instintivamente, do coelho à figura branca e vaporosa de Georgina. Não sei por que, pareceu-me que Georgina tinha a ver com o coelho grande e branco, e precisei certificar-me de que os olhos dela não eram rosados, mas azuis e reluzentes.

Enquanto acariciava o coelho, comecei a ter medo e decidi me aproximar de Susana para perguntar-lhe se ela não notava essa semelhança, mas, nesse instante, o fotógrafo recobriu a caixa e se despediu de nós como se quisesse ficar a sós com aquela agonia sem uma queixa, em que tudo parecia tão agradável e tão decente.

Durante toda a tarde procurei não pensar no sucedido, mas, quando as irmãs despiram seus trajes brancos, convenci-me de que não conseguiria alívio enquanto não o dissesse em voz alta.

TENHO CERTEZA de que, nos dois anos que permaneceu em nossa casa, ela chegou a gostar de nós, mas a cada dia sentia mais falta do seu país e, sempre que lhe perguntávamos se era feliz na Argentina, respondia-nos, evasivamente, como se evocasse lembranças com uma voz tão remota que não nos atrevíamos a insistir:

— Tenho muitos mortos enterrados em Valência...

Na tarde antes de ir embora, pediu a mamãe que a acompanhasse ao seu aposento para mostrar-lhe o que levava em seus baús. Mamãe se negou, mas ante sua insistência não teve outro remédio senão concordar. Indiferentemente, deu uma olhada nas roupas e objetos, e já ia se retirar do quarto quando observou um caixotinho de madeira encostado aos baús. A mucama apressou-se a abri-lo. Estava cheio de terra, de montinhos de pó como os que se recolhem com pá depois de varrer um aposento.

— Estou levando terra do jardim e um pouco que juntei dos quartos.

Havia encontrado a maneira de demonstrar-nos, em silêncio, seu apego à Argentina.

Recordo as noites de sábado. O feliz itinerário de toda a semana nos levava a esse dia sabendo que era diferente dos outros e que nem sequer o domingo — livre de estudos e de qualquer ocupação — nos aproximava de uma noite tão alvoroçada, tão simples, tão inteiramente nossa, como a noite de sábado.

Das grandes e pequenas realidades que retenho: os minúsculos aventais de organdi branco que mamãe usava para nos servir o chá; o momento sempre alegre em que eu colocava um pé sobre o primeiro degrau do breque; as grandes talhadas de melancia que o cocheiro Pascual nos dava; a casa de cimento, dividida em seções, onde viviam duzentos coelhos; o pescoço lustroso e úmido dos cavalos; as uvas em aguardente de cana que mamãe preparava em grandes frascos (às vezes nos fazia fechar os olhos e abrir a boca para introduzir uma enorme uva estranha e alcoolizada que saboreávamos por longo tempo); a alegria de Esthercita no banho; o orgulho de ir empertigada entre os joelhos do meu pai, enquanto ele guiava os cavalos; minha gratidão quando mamãe manifestou que era eu quem lhe dava sempre menos trabalho, a mais suave quando estava doente; as tardes de chuva em que tínhamos de brincar lá dentro... nada, nenhuma reminiscência revive em mim — com uma verdade tão nítida — o sentido perfeito dessa época, como as noites de sábado.

Ao entardecer desse dia, durante quase todo o ano, davam-nos um banho quente, depois de termos brincado. Susana e eu éramos banhadas juntas, cada uma em um extremo da grande banheira. As mãos de mamãe, no princípio, produziam-nos pequenos estremecimentos quando ela nos ensaboava as costas. As estufas acesas em todos os quartos, as toalhas e as camisolas amornadas, todos os detalhes dessas noites permanecem em mim, sem que nenhuma distância de anos diminua sua ternura, sua qualidade inconfundível.

Uma vez banhadas, nos deitávamos e nos serviam um grande copo de leite quente. Começavam, de imediato, os mesmos comentários sobre o frescor dos lençóis, os mesmos conselhos para manter o calor em todo o corpo, até que alguma se animava a tirar um braço, outra a erguer-se sobre o travesseiro. Em poucos minutos, as vozes das irmãs mais velhas vinham ao encontro das nossas. Nessa noite, a luz ficava acesa um longo tempo, e as portas que comunicavam um quarto com outro permaneciam abertas até que adormecêssemos.

Vindas das camas invisíveis, as vozes chegavam rodeadas de silêncios novos; as frases adquiriam um tom de confiança e de mistério que não era habitual em outras horas. Sabíamos que cada sábado seria igual ao anterior, mas, já vivendo-o, não concebíamos nenhuma mudança, e íamos ao encontro dessa noite como se já pressentíssemos que do seu bem-estar transitório sobreviria algo arraigado e duradouro.

As palavras se distanciavam, pouco a pouco, e por trás de um silêncio mais obstinado que os outros a voz de Irene, meio sonolenta, começava a discorrer sobre a porção de mistério que a atraía com mais veemência, e nos falava de raptos e fugas, de alguém que a aguardava junto à fileira de álamos. Às vezes Marta fazia desfilarem os grandes personagens que gostaria de ser e nós três nos calávamos, semi-adormecidas, porque ainda não conhecíamos nosso sonho. Mamãe entrava mais tarde do que de costume, e silenciosamente cobria um ombro, alisava uma manta e se ia, apagando todas as luzes à sua passagem.

Sinto, às vezes, uma saudade arrebatadora, uma saudade parecida com a que só nos deixam as coisas pequeninas e simples, os acontecimentos mais ingênuos. É a lembrança das noites de sábado, que vem até mim em uma grande onda de ternura e de pureza para dar-me a certeza de que minha infância não poderia ter sido mais doce.

MEU PAI mandou colocar no jardim um brinquedo que não voltei a ver nunca. Nós o chamávamos o "runclaff". Consistia de um poste grosso com uns quatro metros de altura, de um quadrado giratório disposto horizontalmente na extremidade superior e de quatro cordas atadas, de trecho em trecho, que pendiam dos ângulos. Cada uma de nós segurava-se em uma delas com ambas as mãos, para não se soltar; de início corríamos, e, à medida que o quadrado girava com maior velocidade, bastava-nos tocar de leve o solo com um pé até elevar-nos em grandes ondas que nos distanciavam da terra e que nos aproximavam dela novamente, em um vôo rápido e circular.

Certa vez, Irene, Marta, Georgina e eu nos agarramos às cordas e começamos a correr, como de costume. Já em plena marcha, ocorreu-me que eu não poderia parar, de imediato, sobre o chão. Assustada, imaginei que, se as irmãs resistissem a deter-se, eu me veria obrigada a continuar voando durante horas inteiras.

Mais tarde, nos colégios, nos subterrâneos, nos elevadores, conheci uma angústia parecida. Não me importava permanecer horas e horas no mesmo local. O essencial era saber que poderia sair quando quisesse. Se, durante uma apresentação teatral ou algum concerto, fechassem as portas para impedir a entrada dos que chegassem atrasados, eu imediatamente averiguava se elas podiam abrir-se do lado de dentro, e quando me desse vontade. Do contrário, preferia renunciar ao espetáculo.

Decidida a comprovar, de uma vez por todas, se minha angústia poderia chegar a ser insuportável, inventei uma experiência e gritei às minhas irmãs que estava cansada; mas, acreditando que eu brincava, elas não concordaram em deixar de correr o tempo suficiente para que eu pudesse me desprender.

Um medo autêntico me obrigou a insistir em que parassem. Elevei-me no ar, em um vôo ondulado e silencioso, e, como as outras ainda resistissem, decidi aproveitar a próxima curva para soltar a corda: era necessário fazer isso no instante de maior altura, a fim de cair longe e impedir que minhas irmãs se chocassem contra o poste.

Transcorreram alguns segundos antes de eu decidir me lançar. Girávamos as quatro incessantemente, quase na horizontal, em torno do poste. Quando a curva ascendente se acentuou, soltei a corda, ouvi um grito das minhas irmãs e caí sobre o caminho. Embora os joelhos me sangrassem e eu sentisse uma mão inchada, levantei-me e disse-lhes que não era nada. Pelo menos, havia eliminado esse medo.

Os anos vão me separando de seu nascimento, do regozijo sempre novo a que ela me habituou, de sua morte tão fora de época, tão precoce. Mas seu nome — até hoje — remexe tudo, bruscamente, e eu comprovo como, ao lado de sua figura pequenina, mamãe recupera, de tão longe, os gestos que talvez fluam com mais força, dela para mim.

Enquanto esperava Esthercita, seu pudor só tinha, para nós, uma janela semi-aberta: o quarto de costura, e até sua silhueta, apoiada contra o que eu recorto de minha infância, nunca teve um perfil estranho, nunca insinuou uma deformação por trás das espiguilhas e das fitas.

Ignoro se um filho a mais lhe proporcionava algum prazer, talvez uma tristeza, um medo. Seu recato impedia que seu jeito habitual denotasse alguma mudança, e sua ternura era tão franca e convincente como sempre.

O único anúncio da proximidade de Esthercita foi o brusco aparecimento de uma limpeza, cujo uniforme branco trouxe aos corredores uma serenidade e uma beleza que nos induziu a suspeitar de um acontecimento inusitado. Olhamos para ela, coibidas, quando se dirigiu a nós. Era tão feia e tão alta que eu ainda a recordo com certa compaixão.

Terá sido ela quem fez nascer em mim essa pena que sempre me inspiraram as mulheres altas e desajeitadas, que eu supunha eternamente solitárias? Pareciam-me tão apoquentadas quando não eram felizes...! Como se não pudessem chorar, como se não devessem chorar, como se tudo lhes doesse mais. Sempre me entristecia ouvir que uma mulher grande estava apaixonada por alguém que não a queria, e fatalmente, sem chegar a compreender por que, imaginava seus sapatos, tão sem graça, tão impossíveis de dissimular, até cair em seus pés, que representavam uma das tantas coisas que eu sempre procurei evitar.

Na primeira vez em que vimos a enfermeira, mamãe permaneceu na cama; mandou nos chamar ao seu quarto para despedir-se de nós com uma ternura mais intensa do que nunca e nos anunciou que passaríamos o dia na quinta de Madame Lagrange.

Quando retornamos, a enfermeira nos aguardava no terraço para nos conduzir ao quarto materno.

Ao ouvir-nos entrar, meu pai se levantou bruscamente. No travesseiro, junto ao rosto um pouco pálido de mamãe, um vão delatava a recente pressão de uma cabeça. Mas não tivemos tempo de demorar-nos nesse detalhe. Vimos um berço, com um grande laço cor-de-rosa e cortinados novos. Mamãe pediu que nos aproximássemos e as mãos da enfermeira, ao impulsionar-nos para a frente, minoraram nossa timidez.

Um pouco encabuladas, olhamos ali dentro, sem que nenhuma se atrevesse a dizer a primeira palavra.

— Não sabem quem é? — perguntou mamãe, com uma voz que parecia um orgulho e também, um pouco, lágrima. — É sua nova irmãzinha...

Nas pontas dos pés, inclinadas sobre o berço, todas beijamos a linhazinha estreita de sua fronte. Esthercita.

DURANTE ALGUNS dias, não recordo que comentário ou que livro me induziu a fingir uma atitude séria, uma postura grave e pensativa. Quando as irmãs me chamavam para brincar, eu respondia, em tom concentrado:

— Não posso. Tenho de pensar em muitas coisas...

As irmãs me cercavam puxando-me o vestido, riam, dançavam de mãos dadas ao meu redor. Impassível, empenhada em persistir na minha pose meditativa, eu me afastava delas, para sentar-me, sozinha, em um canto do terraço.

Ao comprovar que não impressionava ninguém, no terceiro dia comecei a cansar-me dessa atitude. Quando terminaram as aulas e chegou a hora das brincadeiras, procurei me aproximar delas, mas, decididas a vingar-se, minhas irmãs se afastaram de mim.

Disposta a não demonstrar nenhum arrependimento, nenhuma mudança em minha conduta, nessa tarde permaneci sozinha, junto ao terraço, olhando-as de soslaio, enquanto elas e a preceptora terminavam uma partida de croqué. Foi inútil esforçar-me para pensar em algo complicado, aparentar submergir nas mais profundas reflexões; só me invadia uma sensação de fastio e desamparo.

Na tarde seguinte, para me precaver contra esse isolamento que eu mesma me havia proporcionado, aproximei-me e lhes disse:

— Vamos jogar croqué?

As irmãs me fitaram e bancaram as distraídas, até que uma delas me respondeu:

— Você não pode jogar. Tem de pensar em muitas coisas... — e afastaram-se, correndo, em direção ao jardim.

Meia hora mais tarde, ao entrar em meu quarto, Miss Whiteside me encontrou chorando sobre a cama. Sem dizer palavra, enxugou meus olhos com seu lenço e acariciou-me os cabelos. Logo ouvi que uma das minhas irmãs se aproximava. Em poucos minutos estavam todas no meu quarto, comentando insignificâncias, até conseguir que eu esquecesse minha solidão e participasse da conversa.

QUANDO ME descreveram sua longa agonia, seu corpo rodeado de brasas no pátio da cavalariça, seus queixumes cada vez mais espaçados e breves, pareceu-me que sua morte adquiria, exatamente, os contornos com que eu a teria previsto, se a tivesse imaginado.

No dia em que decidiu trocar de cavalo porque seu tordilho, já muito velho, inspirava-lhe pena e ele sempre temia fatigá-lo, meu pai não imaginou que o animal sentiria falta do hábito de ir ao seu encontro todas as manhãs, de escutar sua voz enquanto ele lhe acariciava o pescoço, de agachar-se quase até o solo para permitir-lhe montar sem esforço.

Na primeira vez em que não foram à sua procura para encilhá-lo, o tordilho permaneceu perto do alambrado, orelhas estremecidas, enquanto seguia o cavalo que conduziam pela brida até o terraço onde meu pai se encontrava, e, quando o perdeu de vista e ouviu seu galope distante, lançou um relincho queixoso e andou a manhã inteira de um lado a outro do potreiro, à espera de algo que lhe explicasse esse abandono inusitado. Como se também tivesse sentido saudade, meu pai, ao regressar do seu passeio matinal, foi vê-lo para dizer as frases ternas e habituais.

Mas na manhã seguinte seus olhos, ainda mais assombrados, seguiram, de novo, a cena do dia anterior. Quando meu pai se aproximou para acariciá-lo, o tordilho apoiou a cabeça contra seu braço, com mais empenho do que nunca, como que para impedir que ele se afastasse no novo cavalo, enquanto vigiava, tristemente, os preparativos que meu pai efetuava antes de iniciar o galope.

Afastado dos outros animais, o tordilho não demorou muito para começar a percorrer o potreiro com aquele galope peculiar dos cavalos desencilhados. Durante alguns minutos, permaneceu em uma tensão que fazia tremerem suas orelhas, até que, de repente, como se o rumor dos cascos lhe produzisse um desespero incontrolável, lançou-se a galope, em direção ao alambrado, e deu um salto para transpô-lo.

Ouviu-se um relincho entrecortado, dilacerante, e, quando o cocheiro correu para ele, encontrou-o fora do potreiro, uma pata enganchada no alambrado. Ao saltar, havia aberto o ventre contra um poste.

Vários peões o transportaram, de imediato, para a cavalariça, de onde nos chegavam seus queixumes dolorosos e estranhos. Quando meu pai regressou, a longa agonia já havia começado. Inteiramente rodeado de brasas a fim de manter-se aquecido, durante horas inteiras o tordilho permaneceu rígido, os olhos cravados no mesmo ponto. Para comprovar se ainda eram capazes de reconhecer alguém, meu pai se ajoelhava no solo procurando colocar-se ao alcance daqueles olhos arregalados e tristes.

O cocheiro Pascual vigiou-o a tarde inteira, a noite inteira. Na manhã seguinte, muito cedo, quando meu pai se dirigiu à cavalariça, seu tordilho já havia morrido.

Morreu de ciúme. Assim o compreendi e assim quero continuar acreditando sempre.

Mamãe acabara de despedir a cozinheira. Sentada na cama, os vestidos, os brinquedos e tudo o que possuía amontoado junto ao travesseiro, Irene chorava de mansinho. Era ela quem sempre induzia os empregados a irem embora. Trocava de lugar os objetos deles, escondia seus utensílios mais importantes, gritava-lhes coisas detrás de uma porta, inventava mil argumentos para que mamãe acabasse pedindo a eles que se retirassem.

Mas, de Maria, gostou desde o primeiro momento, e, ao saber que mamãe a tinha demitido, foi atrás dela e implorou que lhe avisasse quando fosse sair, para irem juntas. Enternecida, a cozinheira respondeu que partiria logo na manhã seguinte, e só depois de obrigá-la a prometer que a despertaria a tempo foi que Irene voltou ao seu quarto. Em silêncio, bancando a desentendida se lhe dirigíssemos alguma brincadeira, chorando sem ser ouvida, começou a embrulhar suas roupas, seus livros, todas as suas pequenas coisas, e, quando terminou de fazer um pacote quase do seu tamanho, deitou-se, porque devia levantar-se cedo.

Na manhã seguinte, a cozinheira foi embora sem se despedir. Quando Irene percebeu o engano, foi até seu quarto, entristecida, para voltar a pendurar suas roupas, a desatar os livros, a colocar todas as coisas nos respectivos lugares.

Seu aspecto era tão trágico que, pela primeira vez, não nos atrevemos a segui-la.

Recordo que, apesar de sermos muitas, mamãe, quando contava às suas amigas a última graça de alguma de nós, as palavras novas que repetíamos, os gestos que copiávamos dos mais velhos, sempre conseguia enumerar, em separado, e em tom diferente, as características que descobria em cada uma.

Um dos temas nos quais sua ternura se demorava — como se percorresse essas lembranças, com freqüência, para conservá-las intactas, com o mesmo deleite com que eu o faria muito depois com este ou aquele episódio para fixar a lembrança e impedir que algum esquecimento a ameaçasse — me proporcionava tal sensação de desamparo que me era impossível escutá-la com calma. Isso ocorria, inevitavelmente, a cada vez em que mamãe rememorava os detalhes do nosso batismo.

Nosso entusiasmo pelos bebês — que nos mantinha ocupadas horas inteiras imaginando, cada uma, como vestiria o seu, os nomes com que gostaria de chamá-lo — agravava minha desconformidade porque, quase sem querer, eu retrocedia até meu batismo imaginário e retornava ao jogo sabendo que já era tarde, que já não era possível voltar a realizá-lo. Quando representávamos, entre nós, a cerimônia do batismo, na qual todas desempenhavam um papel distinto, vestíamos as bonecas com longos trajes de espiguilhas, e nunca me ocorreu pensar que essa ternura do bebê nos braços da madrinha, com uma roupa que quase tocava o solo, pudesse faltar à vida de alguém.

Um dia em que mamãe contava pormenores do batismo de cada uma, inteirei-me de que todas, menos eu, haviam sido batizadas poucos meses após o nascimento, com suas longas envolturas e suas espiguilhas brancas. Quando o soube — eu teria uns 6 anos —, isso não me produziu, de imediato, grande efeito. Lamentei-o um pouco, mas resignei-me sem fazer comentário algum, porque mamãe argumentou que, quando eu tinha poucos meses, meu pai dirigia uma expedição e ela havia prometido esperá-lo.

Só algum tempo depois comecei a sentir uma certa pena de mim. Apoiada nas lembranças de mamãe, imaginava-me aos 2 anos — idade em que me batizaram —, vestida de branco, com laços e rendas, o mesmo que as outras, mas com um traje curto que nem sequer me cobria os joelhos. Alguém me conduziu pela mão, quando entrei na igreja, mas me deixou subir, sozinha, os degraus até o altar. Eu imaginava que só então haviam procurado tomar-me nos braços, e, embora tentasse convencer-me de que, nessa ocasião, minha doçura foi igual à das outras crianças, pressentia que algo havia faltado, que a cena não tivera a mesma solenidade, o mesmo encanto, que o vestido, mesmo sendo novo, não era uma camisola de batismo e que, possivelmente, me teriam feito usá-lo aos domingos, em vez de guardá-lo em um baú junto com os das minhas irmãs.

Contudo, não me atrevi a confiar minha decepção a ninguém. Quando mamãe contava aquilo, sentia-me enternecida, como se eu mesma tivesse um pouco de pena. de mim. Preferiria que ela não o contasse ou, pelo menos, que eu nunca tivesse chegado a sabê-lo. Envergonhava-me um pouco e temia ruborizar-me, pressentindo que a alguém pareceria tão humilhante como a mim o fato de ter-me sido necessário subir os degraus, caminhando, para que me batizassem. Minha infância, eu tinha certeza, não havia sido completa; faltava-lhe esse regozijo para a lembrança que os outros guardassem dela.

GEORGINA ERA a única que conseguia adormecê-la de imediato. Eu não alcancei, como as mais velhas, o privilégio de fazer Esthercita dormir, e, mesmo que me tivessem permitido isso, raramente poderia saboreá-lo, pois Marta e Georgina a disputavam continuamente.

Quando Esthercita estava sem sono, em geral a entregavam a Georgina, para que tentasse fazê-la dormir. Georgina possuía seu "sistema" e, poucos minutos após entrar no quarto de mamãe, voltava a reunir-se a nós no jardim, com o ar satisfeito de quem realizou uma proeza.

Uma tarde nos propusemos a averiguar por que razão Esthercita dormia tão depressa com ela. Agachadas atrás das cortinas, seguimos os preparativos de mamãe enquanto trocava Esthercita, até o momento em que a entregou a Georgina, envolta em sua manta branca.

Depois de passear com ela no colo, ao longo do quarto, Georgina sentou-se na cama grande. Pareceu-nos que, como sempre, Esthercita brincava de fingir-se adormecida, permanecia alguns segundos com os olhos fechados para em seguida voltar a abri-los, sem que nenhuma sombra velasse suas grandes pupilas. Foi nesse momento que Georgina aproveitou para implantar seu sistema. Quando as pálpebras indecisas de Esthercita começaram a descer para logo depois reabrir-se, Georgina soprou, de leve, sobre elas. Não precisou fazê-lo duas vezes. Esthercita já havia adormecido profundamente.

DESDE MUITO pequenas, Susana e eu nos habituamos tanto à frase dita em inglês: "Não são bonitas, mas têm um cabelo tão lindo!" que às vezes nós mesmas, sem a menor presunção, nos adiantávamos a dizê-la quando chegava alguma visita ou quando alguma amiga de mamãe acariciava nossas cabeças.

Durante muito tempo, contudo, a intensa cor ruiva dos nossos cabelos provocou as chacotas das minhas irmãs, as quais, em certa ocasião, chegaram a nos dizer que não éramos filhas de mamãe nem de papai, e sim que havíamos sido recolhidas, adotadas por eles.

Susana e eu nos olhávamos até que começamos a duvidar. Pareceu-nos que a cor do nosso cabelo nos separava das outras, cujas cabeças louras seriam, mais tarde, idênticas à de mamãe. A barba ruiva do papai não nos convencia do seu parentesco, persuadidas que estávamos de que tudo se herdava do lado materno.

Quando as brincadeiras se tornavam insistentes demais, chorávamos a certeza de que algum dia teríamos de abandonar a casa, despedir-nos de mamãe, de papai, das irmãs. Marta murmurava que eu teria de trabalhar e seria a "ovelha negra" da família, como no livro *Las cuatro hermanitas*,* que a preceptora nos havia lido e com cujas protagonistas nos comparávamos. Durante muito tempo, a sombria expressão "ovelha negra", a convicção de ser filha adotiva, me uniu a Susana, cada vez mais intimamente, antecipando o dia em que teríamos de partir. Ela, ao contrário, só sofreu mais tarde o tom vívido e intenso de sua cabeleira, mais ruiva do que a minha, pois apenas aos 10 anos, ao voltarmos juntas da escola, às vezes se detinha em frente a uma vitrina e começava a chorar, desconsoladamente, porque as labaredas dos seus cabelos se refletiam no vidro com uma violência que não permitia prever nenhuma mudança que a mitigasse.

Algum tempo depois, ao conhecer minha avó materna, ouvi-a dizer, enquanto acariciava minha cabeça com um gesto reminiscente: "Tem o cabelo tão lindo como quando eu era jovem." Alvoroçada, triunfante, fui em busca da minha irmã e disse:

— Vovó diz que o cabelo dela era igual ao meu. Não somos filhas adotivas!

Susana contemplou minha cabeça como se toda a sua felicidade dependesse dela.

---

*Título em espanhol do romance *Little Women* (1868, *Mulherzinhas*), de Louisa May Alcott. (*N. da T.*)

Certa vez em que solicitamos cozinheira a Buenos Aires, enviaram-nos um exemplar cujos contornos desordenados e opulentos abrigavam um bom humor fabuloso, as condições físicas e morais de uma excelente cozinheira. Poucos dias após sua chegada, já descobríamos, nela, um orgulho contagioso que até hoje, quando a recordamos, nos induz a acrescentar: "Foi cozinheira do rei de Espanha."

Desconheço se suas referências atestavam essa pretensão. O certo é que ela criava uns pratos de cuja transcendência ainda se guarda memória em minha casa. Passado tanto tempo, eu só retenho deles sua porção decorativa, o acerto com que ela situava um verde ao lado de um amarelo, a altura espetacular de algumas sobremesas, a transparência e o ar equilibrado de suas geléias; da parte culinária em si mesma, sobrevivem, unicamente, o doce de leite, as *humitas** e as empadas que ela aprendeu a fazer quando chegou a Mendoza, onde permaneceu quatro anos.

---

*Comida típica feita com pasta de milho temperada com cebola, tomate e pimentão. (*N. da T.*)

Uma tarde, foi à vila para que o médico a examinasse, pois se sentia indisposta, e, embora o diagnóstico não tenha reduzido seu bom humor, teve de submeter-se a uma intervenção cirúrgica.

No hospital, foi operada de imediato, e 15 dias depois já se havia reiniciado em nossa casa o desfile de pratos historiados pelos sobrenomes dos grandes de Espanha.

Embora seu comportamento com os peões e jardineiros e sua proximidade dos cinqüenta anos a tornassem insuspeitável, os mais velhos notaram, pouco depois de sua reintegração à cozinha, que seu ventre apresentava um aspecto estranho, como se um bebê lhe crescesse em um dos flancos.

Quando considerou impossível calar, soubemos, por mamãe, que lhe havia mostrado o ventre para que esta o apalpasse, e, como nada justificasse aquela protuberância e o inchaço viesse aumentando, decidiram chamar o médico.

Depois de muita insistência, consentiu que lhe reabrissem o corte, mas, empenhada em certificar-se por si mesma daquilo que a cicatriz ocultava, só aceitou uma anestesia local.

Ante a estupefação de Josefa e a apreensão do médico que a operava, à primeira lancetada apareceu uma dessas tesouras estreitas e compridas que se usam para cortar gaze. Felizmente para o médico, Josefa se achava presa à mesa de operações quando este tentou esconder a tesoura em um bolsinho do avental. Ao comprovar que não conseguiria levantar-se para cobri-lo de impropérios, depois de insultá-lo em voz baixa ela se obstinou em perguntar, em tom irônico e zombeteiro, se ele não havia esquecido também as luvas e o jaleco, até que o médico, exasperado, obrigou-a a aspirar uma forte dose de éter para conseguir fechar o corte.

Quando voltou a si, somente a enfermeira e o assistente de plantão usufruíram do seu rancor, mas não transcorreram muitos meses até que, embora tivesse conseguido eludi-lo, o médico se visse na necessidade de escapulir para outra vila, porque as zombarias e os fracassos cirúrgicos publicados no jornal local haviam afugentado a clientela.

Josefa, ao contrário, adquiriu tal popularidade que não tardou em pôr-se a perder. Sempre que alguém vinha à casa, por mais que nos empenhássemos em evitá-lo, ela se valia de qualquer pretexto para contar a história das tesouras, até que estas chegaram a constituir-se em uma verdadeira obsessão.

Uma noite, exagerou tanto o volume delas, rememorou-as com tal exuberância de detalhes, fez uma dramatização tão lúcida e fiel do crime, que foi necessário despedi-la. Tenho certeza de que, se contar a história na Espanha, dirá a esta altura que o médico possuía veleidades e instrumentos de horticultor.

Às vezes Susana e eu nos perguntávamos:

— Qual será a coisa mais triste? Algo que não tenha nada a ver com a família nem com alguém que vá embora ou morra? Que seja a mais triste para todos, sem ter nenhuma relação com pessoas?

Susana ficava pensativa e depois fazia desfilar um exército de animais mortos, inundações, um raio aderido a uma árvore. Pensávamos em muitas coisas. As minhas eram mais simples. Eu imaginava os filhotes de pombos no chão, as vacas mortas e esquecidas no caminho, uma águia arrebatando um cordeiro, uma serpente enroscada em um cavalo, apertando o abraço até asfixiá-lo.

Sempre relacionava a tristeza com os cavalos. Eles me pareciam tão decentes, tão resignados, tão silenciosos... Quando queria imaginar uma dor grande em algum animal, não pensava nos cães nem nos gatos, nas vacas ou nos coelhos. Sempre via um cavalo.

Uma noite em que havíamos conversado muito, fui me deitar pensando no tordilho de meu pai, que se agachava até o chão para que ele montasse sem nenhum esforço. Alguém havia comentado um livro cuja protagonista afunda em um pântano, sem que ninguém consiga salvá-la, e onde a última coisa que se vê é a mão agitando-se, como uma folha, sobre a lama. Pensei em seguida em um cavalo, em um cavalo branco que fosse submergindo, pouco a pouco, nessa região móvel e pegajosa, até que só ficassem de fora a cabeça, a boca desesperada, o focinho e os olhos desmesurados e tristes porque se vão enchendo de terra insistente, elástica e molhada.

Quando Susana voltou a me perguntar "Qual será a coisa mais triste?", respondi, olhando-a como se lhe comunicasse uma notícia muito penosa:

— Um cavalo branco afundando em um pântano.

OS DEDOS tremiam levemente junto à carta recém-aberta, mas sua lealdade não lhe facilitou nenhuma demora, nenhum momento propício para comunicar-nos sua partida.

— Recebi notícias da Inglaterra. Minha irmã morreu. As crianças não podem ficar sozinhas.

Mamãe abraçou-a em silêncio, enquanto nós buscávamos um pretexto para nos afastar, pois sabíamos que nossa tristeza era tão desajeitada e tão inábil que nos tornava incapazes de adiantar-nos e proferir uma palavra. Pressentíamos o dilaceramento, mas não conseguíamos situá-lo em um dia, em uma noite, enquanto tivéssemos ao nosso lado sua figura pequena e apagada. Era necessário chegar à sua ausência, ao primeiro minuto depois de sua partida, para poder construir esse pesar.

Na hora do jantar, já falávamos com mais naturalidade.

— Vou escrever muito — dizia-nos ela, com sua doçura só muito de leve agitada por um rumor de tristeza.

Nessa noite, contudo, rimos tanto quanto em outras vezes. Comentávamos sua chegada a Londres, o momento em que ela desceria do navio para lançar-se nos braços da irmã caçula. De pé, uma em cada extremo do salão, ensaiávamos a cena. A um sinal dado, lançávamos um grito e corríamos até aquela que avançava ao nosso encontro, para estreitar-nos com um furor que excedia todo afeto e que terminava por fazer-nos rolar pelo chão. A preceptora nos fitava, pequenina, lá de sua cadeira. Parecia que sentia medo ou que a curva de sua face já cansada aguardasse uma lágrima.

Em oito dias, fechou as malas. Mamãe se despediu em seu quarto porque era a hora de dar o peito a Esthercita, e quando nos dirigimos ao terraço algumas lágrimas rolaram, lentamente, sobre seu peito nu.

No terraço, suspeitando que não conseguiria vê-la partir assim, de perto, ao alcance da mão, fui a primeira a despedir-me, e, enquanto os abraços se sucediam com uma ternura que desbaratava toda intenção serena, dirigi-me, dissimuladamente, para o meu quarto.

Quando os últimos gritos chegaram lá da escadaria, comecei a chorar como nunca o fizera antes e me aproximei da janela para vê-la pela última vez. O breque já dobrava a curva da entrada. Miss Whiteside ia sentada bem ereta, olhando para a casa, o chapéu meio de lado, as mãos pousadas sobre a saia.

Ao vê-la, parada no portão, com seu bebê nos braços, imaginamos que era uma mendiga, embora notássemos nela um ar desesperado, como que de pressa, em vez da resignação forçada dos que pedem esmola. Quando a empregada foi lhe falar, observamos que, depois de apontar para os fundos da quinta, ela gesticulava e sacudia o menino como se se referisse a ele.

Rosa foi ao encontro de mamãe, enquanto nós descíamos ao jardim.

— O filhinho está muito doente — explicou Rosa. — Ela diz que a única coisa que pode curá-lo é bosta quente, e pede permissão para entrar no curral.

Mamãe logo acedeu e, contrariando sua tentativa de nos reter, avançamos a pouca distância da mulher, que se dirigia ao curral quase correndo, enquanto falava consigo mesma e estreitava o menino imóvel entre seus braços.

Ao chegar ao potreiro onde as vacas pastavam, meteu-se por entre os arames, aproximou-se resoluta dos montões de bosta e, sem vacilar, foi apalpando-os um após outro, até verificar que nenhum possuía calor suficiente. Sentada sobre uns troncos, olhos arregalados e implorantes, permaneceu observando as vacas, que ruminavam indiferentemente. A cada vez em que uma cauda chicoteava o ar, a mulher estremecia e seu rosto, dividido por sulcos ásperos, se apaziguava como se um alívio ou uma esperança o suavizasse, momentaneamente, até que ela voltava a submergir em um vaivém de braços que não conseguia reanimar a criança.

Depois de uma longa espera, repentinamente lançou-se até o meio do curral. De um montão de bosta saiu uma fumaça apagada. Uma vaca nos fitava com olhos redondos e dorminhocos.

Amedrontadas, juntamo-nos umas às outras. Sobre a cara da mulher passava, de novo, o alívio, mas desta vez se deteve até aplacar a angústia apertada da boca, a mobilidade violenta dos olhos.

Vimos como despia o bebê, que nem sequer chorava. Vimos o corpo pequeno, sem nenhuma graça de curvas, completamente nu, atrás da vaca imóvel e indiferente.

Depois de deitá-lo, de bruços, sobre o solo, com uma mão ela o segurou fortemente para que ele não se movesse e, ajoelhada ao seu lado, afundou a outra na bosta fumegante, várias vezes, sem repugnância, impregnada de um alheamento diante de tudo o que não fosse a vida do filho. O menino permaneceu quietinho sobre a terra. A mão ia e vinha do montão de bosta até o corpo dele, até formar-lhe uma enorme cruz no dorso miúdo.

Em seus olhos, em seus movimentos, existia algo de encrespado, de enfurecido. Quando não restava nenhum vazio a preencher, ela cobriu o menino com seu fichu e o deixou, longo tempo, sobre o solo. O menino não se movia. A mulher esperava. Depois que a cruz traçada sobre as costas dele esfriou, levantou-o com precaução, envolveu-o em todos os seus trapos e, esgueirando-se entre as vacas, foi-se pela última porteira, sem nos ver, sem nos olhar, como se já tivesse realizado o milagre de sua ternura, de seu medo.

Cinco cabeças juntas. Um ar frio se detinha na nuca. Cinco cabeças juntas; uma escura, duas louras, duas ruivas. O ar glacial na nuca, todo o tempo, e, abaixo, a manta — um pedaço de sombra mais imóvel que cortava a carruagem, horizontalmente, em duas — deixando vislumbrar, tão-somente, uma ou outra listra amarela da pele de tigre que nos cobria as pernas.

Mãos resguardadas embaixo da manta, nós nos entretínhamos em adivinhar a quem pertencia aquela que estreitávamos. A silhueta de Pascual, imutável na boléia, movia-se imperceptivelmente quando os cavalos afrouxavam o passo. Em alguns pontos as rodas abriam grandes sulcos molhados que se fechavam, de imediato. A lama dificultava o avanço dos cavalos, cobertos de espuma, e a carruagem, ao inclinar-se de um lado para outro, juntava nossas cabeças e voltava a separá-las ao recobrar o equilíbrio, docemente.

Todas reconhecíamos no ato as mãos de Marta. Embora ela tivesse abandonado o hábito de arrancar-se a pele, enquanto esta florescia em torno dos dedos, na palma da mão, seu contato recordava a superfície áspera das madeiras sem aplainar.

Em certa ocasião, ao roçar sua mão descascada, eu disse, instintivamente, de quem era.

— Não brinco mais. Vocês me reconhecem na mesma hora — ouvi-a murmurar, enquanto retirava sua mão da minha. Na escuridão, Irene apressou-se a recolhê-la e a inquirir, com uma voz forçada, como se quisesse mitigar a decepção da outra ao acreditar que achávamos suas mãos muito feias:

— De quem é esta?

Quando tive, de novo, a mão de Marta na minha, exclamei:

— De quem será?

Na penumbra, as mãos se agitavam embaixo da manta. Perto da vila um foco iluminou, de chofre, as cinco cabeças juntas. Durante um momento pude ver que Marta se prestava, com um sorriso triste, a que o engano continuasse.

— Quando crescerem e se casarem, meninas, vocês terão de matar as galinhas para a comida dos seus maridos...

No dia em que o jardineiro nos disse isso, não fiz grande caso, mas fui para o meu quarto — porque suspeitei que se dirigia ao galinheiro para escolher um frango e matá-lo —, enquanto ele se afastava assoviando, indiferentemente, como se o pescoço da galinha e seu revoluteio incessante — até ficar quieta, de repente — não lhe produzissem nenhuma repugnância, nenhum medo. Mas uma tarde, quando trouxeram à casa um peru, muito antes do Natal, com o fim de cevá-lo para essa data, comecei a ficar apreensiva.

E se eu me casasse com alguém que não tivesse cozinheira e ele gostasse de comer frango de vez em quando?

Recordei o ar alarmado com que uma cozinheira entrou na sala de jantar exclamando que o peru, já introduzido no forno, havia lançado um gorgolejo, talvez o último, preso na garganta quando o estrangularam, e comecei a imaginar todos os detalhes dessa matança. Sentia o pescoço fofo, granulado, repulsivo, coberto de pintinhas vermelhas, da galinha que se retorcia para todos os lados. Via-me aprisionando seu corpo entre os joelhos, procurando puxarlhe a cabeça para trás, mas o pescoço se estirava como um elástico, e, interrompido o puxão, a cabeça retornava, com um ruidozinho seco, à sua postura habitual. Convencida de que me esqueceria da cabeça, de que me equivocaria quanto ao ponto adequado, outras vezes imaginava a galinha ainda viva, debatendo-se ao meu lado; sobre as mãos e o avental, uma mancha estremecida, repugnante e espessa.

A única coisa que eu não conseguia conceber era o primeiro gesto. Como agarrá-la. Onde deveria apertar para produzir a asfixia. Como dobrar-lhe o pescoço. Mesmo utilizando uma machadinha, seria necessário segurá-la com uma das mãos enquanto lhe assestava o golpe com a outra. Era então que o horror me perturbava tanto que, ao golpear com a machadinha, eu lhe dividia a cabeça em duas partes, ou então ao arrancar-lhe, unicamente, a crista, descobria um dos meus dedos distanciado, irreconhecível, sangrando sobre a mesa.

Depois supus que a galinha ficaria meio morta, a cabeça balançando-se na borda da mesa, olhando-se de baixo para cima, e experimentava o mesmo medo que sentiria se uma mão estranha tentasse abrir a janela do meu quarto, ou o que me fazia estremecer quando Irene, na escuridão, avançava a sua sem me avisar.

Decidi, durante muito tempo, não me casar nunca.

Ouço os acordes do piano. A casa se enche de pacotes. Não vimos mamãe nem Miss Whiteside durante toda a tarde. Vagamos de um lado para o outro. Saímos ao jardim. Consultamos o relógio. Quando chegará a hora de soltarmos os cachos, de estrear os vestidos?

Embora nessa noite comamos com meus pais, com Miss Whiteside, parece-nos que a ceia não acaba nunca.

Ouço os acordes do piano. As portas do salão, trancadas o dia inteiro, abrem-se de par em par. Atrás de nós, os criados, acanhados, agrupam-se junto à janela. Em fila, chegamos àquela porção iluminada, de chofre, pela luz distinta e movediça das velas coloridas, para ler nosso nome em algum pacote. A marcha que mamãe toca nos afasta, nos aproxima da árvore. Os rostos das minhas irmãs — alegres triângulos situados, durante um segundo, na esgarçadura de um ramo — se acercam dos longos fios de estrelas que se ocultam no ponto mais frondoso. O ouro e a prata dos enfeites, os globos luminosos e frágeis detêm, sobre uma face, sobre uma cabeça loura, um reflexo pequeno, apressado e repentino. Quando meu pai se aproxima da árvore para iniciar a distribuição, nossos olhos começam a descer até a parte nevada, onde nos aguarda uma realidade mais duradoura.

Todas buscamos um lugar propício para amontoar os grandes pacotes de variadas cores. Depois os abrimos, com premência, e lemos o nome incluído com o presente. Cada um deles pressupõe um beijo, e durante meia hora a cabeça de mamãe, a do meu pai, a de Miss Whiteside e as nossas se inclinam para apoiar-se sobre uma face, no gesto que naquela noite adquire uma ternura mais acentuada e repetida.

As velas, já gastas, começam a inclinar-se para um lado. A árvore se escurece com os braços abertos e carregados. Sobre as curvas de algodão que circundam seu tronco, uma lágrima verde, vermelha, amarela, nos indica o final dessa noite ruidosa e já longínqua.

Antes que a árvore submerja na penumbra, bebemos champanhe junto às últimas luzes balouçantes. As mãos dos meus pais se agitam na meia-luz para alcançar, na copa da árvore, uma velinha que se inclina demais. A hora, o champanhe, não conseguem deter nossa impaciência, e às doze nos retiramos para nossos quartos, carregadas de presentes, ansiosas por compará-los entre si, por tê-los tranqüilamente, na penumbra dos dormitórios.

Assim eram nossas noites de Natal. Se minha meninice não conhecesse esses grandes pacotes, esse cerimonial tardio e apressado, essa meia-noite um pouco irreal e enternecida!...

De manhã, um grande bebê de olhos móveis, um jogo de paciência, o tiquetaque de um relógio reiteravam a certeza dessa noite perfeita e que, no entanto, eu gostava mais de contemplar a partir do dia seguinte, na realidade tangível dos presentes que confirmavam sua existência rápida, misteriosa e terna.

Quando mamãe a repreendia, ela dava sempre a mesma resposta.

— O que eu vou fazer, senhora? Não posso dissimular nada.

Era a ama-seca de Eduardito, e seus 25 anos, um pouco apagados, pareciam ainda mais graves por aquela sombra que o buço projetava sobre seu lábio superior.

Ao ouvi-la dizer, sem que viesse ao caso e sem nenhum motivo: "Não posso dissimular nada", não conseguíamos conter o riso, até que uma tarde mamãe, um tanto mal-humorada, explicou-lhe o que era dissimulação e acrescentou:

— Se você descuida do menino, não se trata de que não possa dissimular nada. Você, simplesmente, não faz direito seu trabalho, porque não sabe ou porque não quer fazê-lo.

— Sim, senhora — respondeu. Mas, à primeira reprimenda, sua súplica foi a mesma. Como ela era excelente e gostava muito de Eduardito, mamãe decidiu fazer caso omisso de sua resposta inevitável.

Uma noite em que eu chorava, ela se aproximou e me disse:

— Não deve deixar de chorar porque alguém a está olhando, menina. Não tem de dissimular nada, nunca. Eu também tenho vontade de chorar — e se pôs a chorar comigo, até que nós duas rimos.

Em cinco anos, a cordilheira já me havia acostumado à sua presença solene e distante, mas a paisagem não me inquietava em absoluto. As pessoas e as coisas me proporcionavam o mundo necessário e minúsculo para revestí-la de palavras e de gestos prediletos.

Recostada contra os álamos, sombreando os olhos com a mão para nos vigiar melhor, a preceptora, Miss Whiteside, surge e diverte-se conosco em cada episódio remoto e, silenciosa e terna, coloca-se entre os dois acontecimentos mais longínquos da minha meninice.

Com a mesma qualidade de lágrimas nos dois, o primeiro se apropria de um nome — e o retém por tão curto tempo! —, o nascimento de Esthercita; o segundo, que lhe pertencia por estar nela e porque só dela ameaçava lágrima, foi sua partida.

Meu pai a chamou por um ano, e ela permaneceu seis entre nós. Sob seus olhos vivemos as cinco durante todo esse tempo, vendo-a em sua cotidiana doçura, desconhecendo — graças ao seu pudor — se um cansaço a isolava alguma vez, se uma tristeza a retinha em seu quarto.

Seis anos em uma casa estranha, sem o menor ressentimento, sem pronunciar uma palavra dura, sem sequer requerer detê-la. Educação perfeita? Uma ternura excessiva? Mesmo quando se ama, bate-se uma porta ou ouve-se o outro fechá-la com estrépito. Enquanto vivíamos em Mendoza, nunca escutamos uma palavra dura. Influência de mamãe? Ou, quem sabe, a precoce convicção de que isso não serve para nada? Talvez sua doçura não tivesse existido sozinha, ou contrariada... mas permanece flutuando sobre esses seis anos e nenhuma explicação poderia diminuir sua realidade ditosa, a certeza, já distante, de que ela era tão perfeita que não necessitava de nenhuma classe de retoque.

Os mesmos álamos que a escoraram tantas vezes nos permitiram vê-la, quando ia embora, em pequenos instantâneos estreitos e verticais, cada vez mais em perfil, cada vez mais em sombra, enquanto sua mão enluvada, de senhorita inglesa, não conseguia ocultar uma lágrima.

É por isso que, ao recordá-la, enquanto por acaso nos esteja escrevendo da ilha de Man ou de alguma aldeia remota da Inglaterra, amando-nos ainda, necessito destacar sua figura para que seu sorriso, habituado à recordação, mais uma vez se detenha no nosso, se ela chegar a ler seu nome neste livro.

— Ouviu?

Sentada em minha cama, procurei distinguir o rosto de Susana através da penumbra, porque suspeitei que ela não queria confessar seu medo.

Durante um minuto permanecemos rígidas, sem que se repetisse o estranho cochicho que parecia provir do quarto contíguo, que havia pertencido à preceptora. O cochicho misterioso — uma frase meditada em sua ternura já distante? — talvez procedesse de algum móvel, de alguma porta mal fechada, de algum morcego que tivesse entrado durante o dia.

Permaneci desperta, longo tempo, para localizar o ruído misterioso caso ele se repetisse, pois não era o ruído em si o que mais me atemorizava, mas a incapacidade de explicá-lo, de justificar sua procedência.

Na hora do desjejum, depois de comentar nosso temor inútil, Susana me disse:

— Não quero que você me pergunte se eu ouvi algo. Prefiro que me diga: "Acaba de abrir-se uma janela, alguém caminha no quarto ao lado", mas não me diga "Ouviu?", porque esta noite não escutei nada, a não ser muito tempo depois de você me perguntar, e não sei se era o mesmo ruído.

Por essa mesma razão, já em Buenos Aires, quando mamãe me perguntava, lá do seu quarto, "Ouviu?", o mesmo medo me invadia, porque, de imediato, eu começava a me sugestionar, e, à força de pensar no que poderia tê-la assustado, chegava a construir um medo idêntico ao dela, embora imotivado. Tinha certeza de que se ela me dissesse: "Alguém forçou uma fechadura, ou caminha pelo jardim", eu teria ouvido, como Susana, exatamente o que isso indicava, e não um ruído imaginário e misterioso.

Mais tarde, quando queria comunicar um medo, eu começava sem nenhum preâmbulo, e, quando me perguntavam se eu tinha escutado algo anormal, respondia, de imediato, afirmativamente, pois me parecia que nada era tão terrível quanto achar-se sozinha, de chofre, ante um ruído estranho, ante um desses ruídos que não se repetem, que chegam através da noite, desligados de qualquer costume, e que não podem ser verificados porque quase sempre provêm de medos distintos e indefinidos.

PARA NÓS, Susana e eu, que não passávamos dos 10 anos, sua morte não consistiu em um dia interrompido de chofre, separado da noite por uma consternação.

Nós duas ignoramos os pormenores que nos teriam ajudado a prevê-la, pois desde a tarde em que ele adoeceu, subitamente, não o vimos mais, já que mamãe era a única que permanecia ao seu lado.

Uma manhã, bem cedo, enviaram-nos para a quinta da professora francesa, e essa circunstância, que já havia significado um regozijo — o nascimento de Esthercita —, induziu-nos a supor que se aproximava algo de cujo mistério nada podíamos adivinhar atrás das portas fechadas, nos olhos apreensivos do cocheiro, na premência dos cavalos em nos separar da casa.

Quando regressamos, ao entardecer, e enquanto o levavam a braços, seguido de toda a vila, para o cemitério, mamãe entrou em nosso quarto:

— Tenho algo a lhes dizer — murmurou, fitando-nos de uma região nova e desesperada, ao mesmo tempo em que um tremor lhe estremecia o queixo de uma maneira muito diferente da que pressagiava um sorriso: — Papai morreu — e ficou quieta, submersa em uma angústia que lhe ensombrecia os olhos.

Susana sorriu. Eu olhei para a janela. Foi como se a visse pela primeira vez, tal como percebi, mais tarde, que todos, ante um fato terrível, se agarram a qualquer objeto, o primeiro que encontram, e não o esquecem mais. A janela, com suas cortinas claras, me susteve, enquanto meus olhos abarcavam todos os seus detalhes; a queda das dobras, o esmerado caminho das costuras, o laço que as mantinha abertas. A morte de meu pai se estremecia, toda inteira, contra a janela.

Mamãe chorava e nos aproximamos para tocá-la. Não sabíamos o que fazer nem o que dizer. Não perguntamos, sequer, se já o tinham levado. Na realidade, não saberíamos nos aproximar dele. Jamais o vimos deitado, nem o recordo sem colarinho, em mangas de camisa, em *robe de chambre*, exceto nos domingos em que ele se entretinha cuidando do jardim.

Ignoro como Susana e as outras sentiram sua morte. Quando mamãe saiu do quarto, a notícia, de repente, pareceu amplificar-se como se o ruído da porta se tivesse levantado em uma interjeição final e triste. Senti um aperto na garganta. Queria chorar. Aos 10 anos, chora-se por qualquer motivo, mas eu queria chorar com doçura, para que fosse um pranto separado, diferente dos outros. Queria chorar com intenção, lembrar-me de muitos traços ternos, para que o pranto me durasse mais que outras vezes. Mas não foi necessário. A recordação, inconscientemente, agrupou ao meu redor cenas cotidianas, gestos que, de repente, adquiriram um significado duradouro porque quem os havia realizado já estava morto. Vi o longo corredor para o qual se abriam todos os quartos, seu escritório vazio, nenhuma luz por baixo de sua porta... A Noruega, no globo terrestre, distanciava-se para sempre. Mais próximo, o dormitório, o berço encostado à cama grande. Depois recordei seu rebenque, pendurado no cabide.

Comecei a chorar. Chorei durante horas, enquanto Susana permanecia sentada, muito grave, sem conseguir me dizer uma palavra, como se a dor permanecesse quieta em seus olhos arregalados.

Durante os dias subseqüentes, a silhueta escurecida de mamãe, a atmosfera silenciosa, os preparativos para regressar a Buenos Aires, os estudos interrompidos, as horas livres me impediram de deter-me em sua morte. Somente uns meses depois, ao ler um dos discursos nos periódicos que mamãe guardava, comecei a vê-la mais clara, mais dolorosa e definitiva. Entre todas as homenagens tributadas a ele separei uma frase que, longe de toda precaução retórica, se associou à sua lembrança, em um sentido natural e exato: "Era tão forte que se quebrou como um carvalho; só os juncos se reerguem depois da tormenta."

Alguns anos mais tarde comecei a me orgulhar do seu nome, mas cada respeito novo que sua lembrança me impunha passava por mamãe, e ainda que eu o sentisse distante, desconhecido, descia familiar e dulcificado até em seus gestos mais cotidianos.

Quando olho seu retrato, penso que não o conheço, penso que ele não me conhece.

Sua morte construiu diferentes destinos.

INCLINADA SOBRE os últimos baús, olhos doloridos de tanto chorar, mamãe verificava algum ferrolho, incluía algum objeto esquecido. Nós vigiávamos suas idas e vindas, aguardando a oportunidade em que ela estivesse ocupada por longo tempo para sairmos ao jardim. Quando a vimos deter-se diante da mesa com um sem-número de papéis nas mãos, trocamos o sinal combinado e em poucos instantes já nos reuníamos no caminho de álamos que margeava a quinta.

— Vamos começar pelo lado do portão — anunciou Irene.

A sombra dos troncos mal permitia que as nossas, muito menores e mais delgadas, se estendessem a grandes intervalos sobre a terra.

Já junto à porta deixamos que Irene se distanciasse alguns metros de nós. Marta ia atrás, seguida por Georgina, Susana e por mim, todas atemorizadas pela escuridão, pelas figuras estranhas que a lua criava entre os ramos.

Era a última noite que passávamos em Mendoza, e, em separado, havíamos coincidido no desejo, na ternura de despedir-nos, uma a uma, das árvores familiares que não mais veríamos.

A figura de Irene diminuía junto aos grandes troncos e sua cabeça se aproximava deles, momentaneamente. Um pouco mais atrás, nós outras fazíamos o mesmo; beijávamos o córtex áspero de um ramo, a doçura fresca e úmida de uma folha que nos roçava o rosto. Às vezes era necessário que nos alçássemos na ponta dos pés, para alcançar um ramo muito afastado. Outras, procurávamos evitar que um tronco demasiado rugoso nos machucasse os lábios.

Quando retornamos à casa, nenhuma de nós se atreveu a falar, e nos dirigimos, em silêncio, até nossos quartos.

Já na cama, pareceu-me que a despedida devia ter-se prolongado, e desde aquela noite conheci a voluptuosidade peculiar que as despedidas possuem. Ao imaginar-me na véspera de uma longa ausência, eu percorria, com toda a minúcia, o ambiente, os gestos de ternura, as frases que pronunciaria se me fosse dado ir embora alguma vez. Suspeitava que nada era capaz de alcançar o tom de tristeza murmurada e lenta que rodeia as despedidas, e, ao alongá-las indefinidamente, obrigava-as a retornar, para que se iniciassem de novo, naquela curva do trem que nos entrega, de repente, a mesma janelinha, naquela viragem do barco que nos aproxima, uma vez mais, da pessoa que se encontra na proa, e, ao prever que me despediria de alguém, cuidava para que as cenas se repetissem, para que os abraços não terminassem nunca, para que sempre aparecesse o minuto insuspeitado e extraordinário de recuperar uma boca, de dizer adeus em um tom já habituado à tristeza.

Como é possível, eu costumava me perguntar, que alguém evite essa emoção para não deparar com o pesar que sobrevém um dia, uma noite, em que as coisas adquirem maior profundidade, em que a pessoa se sente mais bondosa, mais solitária...?

Enquanto beijava as árvores de Mendoza, eu já ia ao encontro desse fervor que as despedidas sempre me proporcionaram, mas naquela noite, ao nos deitarmos, sem dizer-nos nada, nem suspeitávamos que, quinze anos mais tarde, repetiríamos esse gesto com as velhas árvores da *calle* Tronador.

VESTIDAS DE marinheira branca chegamos, as cinco, a Mendoza. Vestidas de escuro partimos para Buenos Aires. Entre um trem de ida e outro de volta, o nascimento de Esthercita, a morte de meu pai. Um nome novo; o outro já pronunciado em recordação, com essa voz irresoluta com que se fala, no começo, dos que já não vivem, até que o costume, paulatinamente, situa seus nomes em conversas triviais, em episódios sem importância, que só adquirem vida porque um morto se move por trás deles.

Debruçadas nas janelas, seguíamos a graminha acachapada junto aos trilhos da via contrária; recuperávamos, em alguma curva, o perfil brumoso da cordilheira.

— Lá está, outra vez! — exclamava alguma. Nesse momento, ela existia para nós, com aquela ternura peculiar das despedidas, em que a pessoa percorre, por longo tempo, a coberta do barco para recolher, um instante mais, só um, a imagem familiar que a distância vai apagando.

A mim, a cordilheira nunca havia interessado. A janela a aproximava e a perdia, sem que eu o notasse. Talvez ela me tivesse atraído se alguma porção de sombra lhe houvesse dado contornos de rosto, lhe houvesse concedido um significado doloroso; se não fosse tão evidente que se bastava a si mesma; mas, durante os seis anos que vivemos em Mendoza, nunca cheguei a vislumbrar nela o que mais me interessava em todas as coisas, essa sensação súbita de se sentirem sozinhas, a necessidade de que mudassem de aspecto, de que conhecessem uma humildade e um desamparo.

Irene folheava uma revista. Seu vestido de estamenha negra não lhe acrescentava anos, nem diminuía, em nada, sua aparência infantil. Marta e Georgina brincavam com Esthercita. Apossadas de uma janela, Susana e eu, enquanto isso, mantínhamos longos diálogos, contávamos os postes telegráficos, seguíamos algum cavalo que atravessava um caminho, enquanto Eduardito cochilava sobre os joelhos de mamãe.

Depois de algumas horas, duas ou três cabeças começaram a oscilar junto a uma vidraça embaçada. Mamãe opinou que era conveniente comer cedo. Um instante mais tarde, todas a seguimos, uma atrás da outra; Eduardito de mãos dadas com ela, Esthercita nos braços de Marta.

Um pouco tristes, um pouco distraídas, em fila, tropeçando pelo corredor estreito, passamos amedrontadas de um vagão a outro — vendo aos nossos pés, por um único segundo, a terra sempre igual, sempre diferente —, impelidas pelos solavancos do trem, até chegarmos ao vagão-restaurante.

Lá fora, a noite — tristeza dos trens que se vão para outra sombra mais densa e desconhecida — agarrava-se às vidraças, enquanto eu me distraía fitando minhas irmãs refletidas nelas.

Um trem que vai, outro que volta. Nossa meninice permanecia imóvel junto a uma estação da vila.

QUATRO DIAS haviam transcorrido desde que chegamos à nossa casa da *calle* Tronador. Ainda não conhecíamos, a fundo, a sombra das árvores nas diferentes horas, mas, à medida que revisávamos as lembranças dos primeiros anos, íamos recuperando, pouco a pouco, a touceira de taquaras, as sebes de ligustro, os canteiros apenas saudosos de uma presença de buxo.

Os mais velhos do bairro nos haviam visto em pequena fila, quando tínhamos pouca idade, e ao contemplar a fileira loura, crescida e aumentada, repetiam nossos nomes como se só lhes faltasse reconhecê-los para situar-nos em alguma visão longínqua. Dona Nastasia tinha os olhos cheios de lágrimas. Contava 90 anos e haveríamos de vê-la alcançar seu centenário, ultrapassá-lo, sempre ereta, grudada como uma trepadeira aos muros de sua velha casa, que todos os netos pretendiam arrebatar-lhe.

Nessa noite chamaram o médico. Durante toda a tarde nos tínhamos entretido fabricando cestinhas de flores para Esthercita passear com elas entre as árvores. Mas, quando chegou a hora de colocá-la para dormir, notamos que não conseguia uma posição cômoda, que sua fronte estava muito úmida.

Quando o médico veio, já estávamos deitadas. De nossas camas ouvimos a voz de mamãe, o ruído das portas velhas, cansadas de mover-se. Notava-se como que um ar de delinqüência em tudo o que acontecia do outro lado.

Dali a pouco escutamos um gemido. Não reconhecemos a voz de Esthercita, seu modo de chorar, de pedir algo. Sua doçura era tão letárgica, tão frágil, que só se ouviam os passinhos pela casa, ou se divisava, contra uma janela, um cachinho ardendo sob o sol.

No quarto contíguo ao que Susana dividia comigo, a voz enfadada de Marta, à força de ternura, começou a impacientar-se.

— Preciso ver o que está acontecendo. Não consigo ficar quieta.

Susana e eu nos juntamos às outras. De camisola, enregeladas de frio, todas a acompanhamos até o quarto de mamãe. Junto à porta percebemos um murmúrio de vozes; pouco depois, um silêncio cavo, tétrico. O ruído de uma colher levantou uma interrogação, e de repente chegou-nos um gemido que parecia um grito fatigado antes de subir aos lábios.

Pensei em sua boca, demasiado branda, demasiado terna para abrigar tal angústia; na covinha muito pálida que ela tinha abaixo do nariz. Ao ouvir alguém dizer de qualquer criança: "Parece uma boneca", eu me persuadia de que Esthercita era a única que, na realidade, com sua vitalidade doce, se assemelhava aos bebês das grandes lojas de brinquedos. Acima dos seus olhos azuis, as sobrancelhas finas e nítidas limitavam-lhe a testa com uma curva sisudinha e breve, e suas pestanas longas eram separadas entre si, como se alguém as tivesse colocado, cuidadosamente, uma por uma. Antes de adormecer, ela abria e fechava os olhos enquanto acomodava a cabeça sobre nossos joelhos, e as pálpebras se moviam, ritmicamente, como as das grandes bonecas que baixam as capinhas de estearina quando as inclinamos para trás.

Mamãe acudiu ao ouvir nossos pés descalços. Pareceu-nos assustada e sem querer nos olhar.

— Esthercita está muito mal. Tem convulsões e eu não posso fazer nada. Vão dormir. O médico ficará comigo. Não quero que vocês escutem porque é terrível demais...

Sua voz seca soou estrangeira, vazia de ternura. Sabíamos, no entanto, que a dor habitava todo o seu corpo, sua garganta, suas mãos caídas, nas quais o carinho só conseguia pôr um laconismo.

— Está morrendo? — Uma voz áspera, como que pouco interessada, expressou, inconscientemente, o medo das outras.

Mamãe tentou nos encobrir a verdade.

— Pelo amor de Deus, não digam isso! Saiam. Eu chamo vocês, se for preciso.

A porta fechada nos pôs um mundo novo diante dos olhos. Nunca havíamos topado com a tristeza de uma porta fechada, e pressentimos que, do outro lado, a morte pequena teria a mesma maneira de abrir as janelas, de aguar os olhos, de esfriar os lábios.

De madrugada os ruídos cessaram. Alguém correu um ferrolho, como se ainda importasse. Mamãe entrou para chorar conosco.

QUANDO a vi arrumadinha dentro do seu caixão pequeno, ela me pareceu, mais do que nunca, um desses grandes bebês, deitados em suas caixas.

Não consegui chorar, como as outras, nem me aproximar para olhá-la bem. Tive medo de sorrir. Compreendia que, nesse momento, o pranto era a única forma de exteriorizar minha dor. Mas tinha os olhos secos. Daria tudo para que uma lágrima descesse pela minha face e os outros a vissem. Persuadida de que ia sorrir, fui para o meu quarto. A luz dos candelabros traçou uma comprida listra no piso do vestíbulo.

Quando fecharam a caixinha, escutou-se um queixume. Pensei que talvez fosse o último que ela havia exalado na noite anterior e que só então ressoava no quarto. Era mamãe.

Depois vi o carro tão austero, tão distante de tudo o que ela foi, aumentando a angústia de deixá-la ir sozinha, com seus doces 4 anos, dentro de sua caixinha branca. Ocorreu-me que teria sido mais suave, mais terno, enterrá-la no jardim, ao lado de uma árvore grande, ou que, pelo menos, uma mulher deveria acompanhá-la para baixá-la com mais ternura.

Quando o carro dobrou a esquina de Tronador, senti, por fim, que minha garganta se endurecia até apertar-se em pranto.

Assim vi a primeira morte. Sua morte. Sua morte pequenina.

Foi minha melhor amiga durante dois anos, mas, apesar de combinarmos na maior parte das coisas, sua predileção por tudo o que fosse rodeado de tristeza era um constante motivo de zangas momentâneas.

A mim me atraíam as ruas buliçosas onde tagarelavam os vizinhos, onde apostávamos corridas com os meninos, onde tocávamos as campainhas das casas, ou enganávamos os transeuntes com ramos de flores atados a um fio, com pacotes que só continham entulho. Ela, ao contrário, gostava de sentar-se sobre umas lajotas descartadas em um terreno baldio, cujas velhas árvores se destacavam contra o céu, para esperar, em silêncio, os instantes trêmulos do entardecer.

Quando lhe perguntávamos se a veríamos na tarde seguinte, objetava, insegura, que lhe era impossível prever seu estado de espírito. Minha impaciência me impedia de conceber que alguém pudesse levantar-se pressentindo o mau humor, a tristeza e o cansaço, e eu me afastava, convencida de que era inútil contar com ela para alguma coisa. Outras vezes, meu aborrecimento me induzia a deixá-la sozinha, mas um instante mais tarde Susana já ia procurá-la, dissimuladamente, para que ela não achasse que estávamos ressentidas.

Se brincávamos de visita ou nos disfarçávamos, ela sempre escolhia a indumentária mais patética. Envolta em tules, deitava-se no chão dizendo que era uma noiva morta, e, depois de ausentar-se uns instantes, aparecia toda vestida de negro, a cabeça velada por um crepe, para sentar-se, muito quieta, em uma atitude de viúva resignada.

Uma tarde em que sua melancolia me impacientou mais do que nunca, eu lhe disse algo desagradável. Ela bancou a distraída. Meia hora depois, sentadas no umbral da rua, olhou o céu carregado de nimbos. Eu pensei nas desvantagens que o mau tempo nos acarretava, a Susana e a mim, pois quando chovia não nos deixavam sair à rua nem brincar no jardim.

Ela dirigiu para mim seus grandes olhos, que tanto pareciam dizer a verdade, e comentou:

— Tomara que chova amanhã! Assim poderei ficar triste...

Seis meses depois de voltarmos a Buenos Aires, mamãe decidiu contratar uma professora antes de nos enviar à Escola Normal.

Certa tarde, uma senhora de luto nos reuniu na sala. Muito sérias e retraídas, recitamos, a pedido dela, os rios da Rússia, os limites da Espanha, as características dos esquimós, a eficácia da hipotenusa, os piores costumes dos animais domésticos. Embora parecesse muito satisfeita, a professora nos disse, em tom condescendente:

— Está bem, mas percebe-se que as senhoritas tiveram professores estrangeiros. Seguramente, não sabem nada do país.

Nós procuramos objetar: San Martín, Belgrano, Moreno, mas ela interrompeu:

— Quando digo que não sabem nada, refiro-me ao idioma. Não o conhecem a fundo. Eu lhes ensinarei. Para aprender o castelhano, é imprescindível não só conhecer os provérbios, mas também praticá-los. Esta é uma teoria minha, exclusiva, pois creio que os provérbios constituem a base da linguagem. Conhecem algum provérbio espanhol?

Irene murmurou algo como "Quando o rio soa...", mas a senhora López aniquilou-a com o brilho de uns óculos que pareciam construídos para duas pessoas.

— Vejamos — anunciou, entusiasticamente. — Marta, aproxime-se do piano e procure movê-lo.

Marta se levantou desanimada e encostou-se ao piano, pois nunca realizava um esforço inútil.

— Não consegue? É muito pesado? Vamos ver, agora tente fazer isso, minha filhinha — ordenou a professora a Georgina, enquanto permanecia em uma atitude concentrada. Georgina se aproximou, timidamente.

— Também não consegue? Bem. As cinco, por favor, tratem de movê-lo.

Apertadas contra um lado do piano, fazendo um tremendo esforço, conseguimos empurrá-lo uns centímetros.

— Magnífico! — exclamou a professora. — Isto, em provérbio, equivale a "A união faz a força". Marta não conseguiu movê-lo. Georgina tampouco; as cinco juntas tiveram êxito. Muito bem. Passemos a outra coisa.

— Temos de colocá-lo no lugar — objetou Irene, ante o olhar iracundo de Marta e a indiferença da professora, que já sondava outras tentativas práticas.

— Quero que deposite sobre a mesa todas as floreiras que há nesta sala, menininha — ordenou a senhora López dirigindo-se a Irene, a qual, convencida de que ela lhe exigiria um esforço idêntico ao anterior, encarapitou em seus braços a maior parte das floreiras. Quando se aproximou da mesa, certa de que ganhara a partida, duas delas escorregaram e se espatifaram no chão.

— Muito bem! — voltou a exclamar a senhora López ante nossos olhos sobressaltados. — Se tivesse feito duas viagens, não quebraria nenhuma. Isto significa, gravem bem: "Quem muito abarca, pouco aperta." Querem fazer o favor de anotá-lo em seus cadernos?

Depois de escrever rapidamente a frase, achamos que ficaríamos livres, porque já haviam soado as quatro e era a hora de tomar o chá. Mas a professora se ausentou do aposento e, ao voltar, começou a ditar-nos, acelerada, página após página. Já eram seis da tarde quando se levantou, muito satisfeita, enquanto nós a olhávamos como se ela só representasse uma ausência de comestíveis.

— Têm fome, não é? Sei que por minha culpa atrasamos a hora do chá, mas faço isso para o bem das senhoritas. Antes de eu ir embora, façam o favor de anotar: "Antes tarde do que nunca."

Quando soube do traslado do piano, das floreiras quebradas, da hora em que havíamos tomado o chá, mamãe não demonstrou excessivo entusiasmo por esse sistema pedagógico. A senhora López, longe de admirar-se por ser despedida, saudou-nos, uma a uma, com a maior amabilidade, mas, antes de retirar-se, agitou os dez pesos que a mamãe acabava de lhe entregar e exclamou alegremente:

— Mais vale um pássaro na mão do que dois voando.

Quando chegamos à *calle* Tronador, eu logo as descobri. Depois, todos os dias, em minhas viagens de ida e volta à cozinha ou ao banheiro, era-me impossível deixar de vê-las. Eram as únicas três lajotas vermelhas que se destacavam no pátio velho. Ignoro como sobreviveram ao tempo, como não desbotaram ao sol.

Recordo que, de bom ou mau humor, obrigada a atravessar o pátio quando anoitecia, temendo todas as sombras que queriam me assaltar, vigiando já de longe a grande figueira do fundo, que eu suspeitava sempre povoada de homens, nunca pude abster-me de dar o pequeno passo que unia as duas primeiras, o passo alongado que mal me permitia tocar a última.

Não compreendo por que nem como me iniciei nesse exercício que logo haveria de me assediar. Creio que um dia, ao vê-las, pisei em duas das três lajotas. Em seguida pareceu-me que a outra também me esperava e a rocei, indiferentemente, sem suspeitar que daquela condescendência misteriosa e descuidada surgiria esse jogo peremptório que, ante qualquer complicação, qualquer tristeza, me seria impossível deixar de lado.

As três lajotas me angustiavam e me cansavam. Certa vez decidi bancar a distraída e, caminhando ligeiro, atravessei o pátio em linha reta. Mas senti, ao me afastar, que as lajotas me esperavam e tive de retroceder para cruzá-las duas vezes, como se lhes houvesse escamoteado algo, como se tivesse cometido alguma falta ou esquecido uma promessa.

Quando Esthercita morreu, lembro-me até hoje, fui à cozinha para servir café. As três lajotas vieram ao meu encontro através das lágrimas. Pensei que o passo curto e o alongado pudessem conferir-me um ar de pirueta, de brincadeira, inadequado para aquele momento. Olhei para trás, a fim de certificar-me de que ninguém me via, e dei o saltinho com os olhos nublados de lágrimas.

Já entregue, definitivamente, a esse costume, constatei que as três lajotas continuaram exercendo sua influência. Mesmo depois dos 20 anos, perseguiu-me esse hábito molesto, que às vezes me irritava. Eu queria esquecer essa debilidade, esse medo. Era impossível. Algo me obrigava a voltar sobre meus passos.

Mais tarde, quando abandonamos a velha casa, ao nos despedirmos das árvores antigas, das grades empertigadas e frias, dos pátios gretados, olhei as três lajotas.

Passei sobre elas, pela última vez, com a sensação de que o mais cotidiano, o mais inútil, ficava sozinho.

UMA NOITE em que Susana e eu conversávamos com ele por cima da cerca, perguntei-lhe o que faria quando fosse adulto. Ele permaneceu em silêncio um tempinho e depois nos respondeu, como se terminasse uma frase muito extensa:

— ...E eu gostaria de ser alguém que sempre tivesse de comunicar notícias graves, como, por exemplo, dizer a algum amigo que sua mãe morreu; a outro, que ele tem uma doença incurável. Mas não existe nenhum emprego desse tipo.

Nós o felicitamos, zombeteiramente, e prometemos chamá-lo se soubéssemos de alguma desgraça, para que fosse ele o encarregado de comunicá-la.

Quando o víamos aparecer na esquina da Tronador para passar em frente à nossa quinta, Susana e eu o olhávamos com fixidez, da cabeça aos pés, pois sabíamos que ele se intimidava tanto que seu passo firme se tornava impreciso e desajeitado, até o extremo de fazê-lo parecer prestes a cair quando chegava junto de nós. Depois de saudar-nos, afastava-se, novamente, tão seguro como no começo, mas não podia suportar que o fitassem, continuamente, enquanto avançava por uma rua.

Uma noite nós o avistamos na esquina do nosso jardim, oculto atrás da sombra das grandes oliveiras-do-paraíso. Decididas a investigar por que motivo se escondia, nos aproximamos para saudá-lo. Ele estava falando sozinho, as mãos agitadas como se sublinhassem uma frase ou atenuassem uma palavra dura. Quando perguntamos se esperava alguém, procurou esquivar-se da resposta, mas, ante nossa insistência, murmurou:

— Minha cunhada desapareceu e eu sei com quem. Tenho de comunicar isso ao meu irmão.

Sua voz denotava uma tal preocupação que, para confortá-lo, nós lhe recordamos seus desejos de ser o portador de más notícias, e acrescentamos que uma carta talvez fosse o modo mais fácil de sair desse apuro.

Ele aguardou que terminássemos de falar para dizer-nos, como se relembrasse:

— É a primeira oportunidade que me aparece. Preciso ensaiar todos os gestos. Tenho de saboreá-la. Não quero perder nenhum detalhe. Daqui a pouco irei falar com meu irmão.

Além de sua amplitude, de seus aposentos enormes, do grande jardim que a rodeava, nossa casa da *calle* Tronador tinha dois porões embaixo da sala de jantar e do salão.

Uma escada insegura nos conduzia a essa porção de frescor e de mistério. Entre teias de aranha, sobre os tijolos debruados por uma pelugem úmida, empilhava-se um sem-número de caixotes lotados de papéis, manuscritos e livros do meu pai. Em um canto, algumas garrafas trazidas de Mendoza, e, na parte menos sombria, o carrinho de Esthercita, um baú com suas roupinhas, sua camisola de batizado, o edredom de seu berço.

Os porões sempre representaram para nós o único lugar seguro contra qualquer risco, e, por mais que os anos tivessem demonstrado a inutilidade desse refúgio, a certeza de sua proximidade, de seus alçapões dissimulados sob o tapete, minoraram em duas circunstâncias o medo ante um perigo que acreditávamos iminente.

Durante os poucos meses que permanecemos em Mendoza depois da morte do meu pai, os episódios da guerra de 1914 tiveram, para nós, a inconsistência de uma realidade distante, e, ao nos instalarmos em Buenos Aires, vivemos tão afastadas de tudo o que acontecia no mundo que até chegamos a esquecer sua existência.

Uma tarde correram pelo bairro rumores de que os alemães triunfavam. Assustadas, convencidas de que a vitória implicaria muitas vexações, a imposição de casar-nos com eles, de falar seu idioma, decidimos entrincheirar-nos em nossa casa, e, depois de trancar portas e janelas, levantamos o alçapão do porão — para permitir nossa descida, se necessário — e permanecemos o dia inteiro vigiando, de soslaio, sua escuridão reconfortante.

Três anos mais tarde empreendemos, pela segunda vez, essa excursão aos alicerces de nossa casa. Alguns jornais anunciaram que, na Espanha, várias pessoas se haviam apressado a suicidar-se para fugir do vaticínio de que o mundo se aproximava de um fim repentino e catastrófico. Nós acreditamos nisso e, um dia em que um suicídio ocorrido em San Juan aproximou a notícia com palavras funestas e horripilantes, nos encerramos no porão, depois de decidirmos morrer todas juntas. Descemos uma por uma à sua escuridão, levando o necessário para comer, mas, ao invadir os cantos, ao não pressagiar nenhuma tormenta, nenhum vento de furacão, a noite nos persuadiu da conveniência de falecer em nossos respectivos quartos.

Até muitos anos mais tarde, foi inútil sorrirmos da nossa ignorância, dos nossos temores absurdos e inauditos; ao menor sinal de perigo olhávamos para o porão, como se esse refúgio sobressaltado por teias de aranha, cheio de tijolos úmidos e de sombra, significasse uma permanente, uma imutável segurança.

— Por que você não faz força para sonhar? — perguntou-me uma vez em que, sentadas sob a grande figueira, falávamos das imagens que lhe percorriam os sonhos, do regozijo que ela sentia por saber que mesmo à noite continuaria vivendo.

Embora só contasse um ano a mais que Susana, era eu quem lhe explicava tudo o que lhe parecia incompreensível, por mais que, na maior parte das vezes, também o fosse para mim.

Recordo, entre outras coisas, havê-la instruído, com toda a precisão, sobre o nascimento dos bebês, de modo que, até os 15 anos, esse mistério se reduziu, para as duas, a um ato tranqüilo e simples. Convencidas de que o cordão umbilical era de transcendental importância, parecia-nos lógico que o nascimento se produzisse pelo umbigo, e o fato de este possuir uma espécie de nó persuadia-nos de que bastava desatá-lo para que suas dobras se distendessem e a criança chegasse ao mundo sem esforço, sem angústia, sem nada de todo aquele calvário pelo qual ela passou, tão cedo. As amigas do bairro participaram dessa convicção quando nós lhes explicamos, da maneira mais arrazoada, que o nascimento podia ser comparado àquelas bomboneiras de papel que se fecham mediante um cordão, e, como nenhuma se mostrasse capacitada para propor uma objeção válida, essa teoria reconfortante nos acompanhou até uma idade em que outras já sabem e conhecem tudo.

Susana me descrevia seus sonhos com tal entusiasmo que, ao nos separarmos, eu me deitava pesarosa porque permaneceria noite adentro sem que me sobreviesse uma só visão naquelas longas horas em que dormia profundamente, ao passo que ela ia ao encontro de algo feliz.

— Se você não sonha, é como se estivesse morta. Por que não faz força para sonhar?

Nessa tarde, enquanto ela me falava do seu último sonho, comecei a desconfiar que, de fato, à noite eu talvez estivesse morta.

Mas nunca havia sonhado e causava-me certa apreensão conviver com pessoas estranhas, enquanto permanecia deitada, sem mover um braço, sem abrir os olhos, sem dizer uma palavra.

Desde então, contudo, tratei de neutralizar esse temor e segui textualmente os conselhos de Susana. Antes de adormecer pensava em alguma pessoa, em algum acidente, em alguma cena de rua, e me agarrava a uma imagem procurando arrastá-la comigo àquela escuridão da qual emergia, na manhã seguinte, como se tivesse morrido por algumas horas.

Somente um ano depois, quando estive muito doente, a febre me proporcionou o primeiro sonho. Ao despertar, recordei algo que imaginei ter acontecido na tarde anterior, mas, ao rememorar, compreendi que não era possível. Então chamei Susana e, com uma inflexão tão alegre quanto a dela, disse:

— Esta noite sonhei que o tordilho de papai dormia em frente à porta. Do resto não recordo nada, mas sei que havia algo atrás do cavalo.

Susana me fitou como se eu fosse sua discípula e me disse, condescendente:

— Na noite de hoje você sonhará outra vez e irá se acostumando...

DURANTE MUITO tempo Irene e eu compartilhamos um quarto cujas camas eram separadas por uma mesinha.

Uma noite em que nos deitamos de muito bom humor, começamos a falar de temas variados, o que seríamos dentro de dez anos, em que consistiam nossos diferentes medos. Os meus sempre foram medos pequenos que eu não me atrevia a contar a ninguém, por temer parecer absurda, e para comentá-los aproveitava esses intervalos de escuridão, antes de dormirmos, nos quais parecíamos mais unidas que durante o dia.

Depois de muitas trepidações (sempre me pareceu que um medo comentado podia crescer indefinidamente, se a pessoa a quem o confiássemos acrescentasse um detalhe imprevisto ou o visse como um medo próprio), animei-me a lhe contar que sempre estremecia ao me virar na cama, por temer encontrar uma mão que me tocasse, de repente, no escuro. A intenção que ela denotasse e até a perspectiva de que me causasse a morte não eram o que me produzia horror, mas sim o simples fato de saber que uma mão desconhecida, inerme, atravessava a escuridão para me tocar.

Quando lhe expliquei isso, Irene não me respondeu nada e pensei, meio ofendida, meio aliviada, que ela talvez tivesse adormecido. Dali a poucos minutos resolvi fazer o mesmo e me virei para a parede, a fim de dormir.

De repente, notei que algo me roçava um ombro. Uma mão se assentou sobre a minha, como se estivesse morta. De um salto, levantei-me da cama. Quase de imediato compreendi que era a mão de Irene, mas essa certeza não impediu que a indignação me enchesse os olhos de lágrimas. O medo que eu nunca havia confiado a ninguém, para impedir que se especificasse, era agora algo palpável, experimentado. Eu já conhecia o contato de uma mão no escuro.

Pela primeira vez pensei em ir embora de casa. Parecia-me terrível que Irene se tivesse aproveitado de uma confidência, e cheguei a me convencer de que não dormiria tranqüila em nenhuma noite no mesmo quarto com ela. Temi que o medo — já conhecido — desse margem a novos estremecimentos, a detalhes que antes não me eram familiares. Mas não lhe disse nada.

Durante duas ou três noites ela repetiu o mesmo gesto em meio às trevas. Em uma ocasião, deixou cair sua mão, bruscamente, sobre minha face. Mal pude reter um grito e chorei, em silêncio, enquanto premeditava a possibilidade de ir embora, de me casar muito jovem.

Na quarta noite, surpreendeu-me comprovar que o medo diminuía, e, embora eu compreendesse que Irene me havia curado, involuntariamente, desse medo, nunca a fiz partícipe de outro.

Às vezes comentávamos a possibilidade de morrer de frio ou de calor. Eu assegurava que só o frio poderia me matar, mas, se minhas irmãs me pedissem uma explicação, era incapaz de dá-la.

À força de me exercitar, cheguei a sentir uma indiferença completa quando o calor se tornava demasiado insistente, e, quanto ao frio, conseguia dissimular tão bem os tremores experimentados por todas nós ao voltar de um passeio que minhas irmãs costumavam dizer:

— Você nunca sente frio.

Nas ocasiões em que eu previa que meus dentes iam castanholar, bastava-me levantar um braço, executar qualquer gesto, colocar-me, imaginariamente, em uma situação arriscada, para que os estremecimentos se interrompessem, embora o frio me percorresse com igual intensidade.

Para os dias de verão, contava com outros recursos. Enquanto os outros se queixavam do calor, eu me abstinha de fazer comentários e até procurava não os escutar, certa de que minha indiferença era mais eficaz.

Ao dedicar-me, em uma tarde de muito calor, a inventar procedimentos que me proporcionassem um alívio, encontrei um que me produziu um efeito imediato e prolongado: passar um algodão sobre uma parede rebocada.

Quando o calor nos despojava de todo desejo de mover-nos e a lassidão peculiar da sesta nos invadia, eu permanecia tranqüila, enquanto esfregava, imaginariamente, um pedaço de algodão sobre uma parede rugosa.

O efeito era imediato. Um após outro, os calafrios me percorriam o corpo, a pele dos braços ficava áspera e uma onda fresca me subia pelas costas até deter-se na nuca.

QUANDO NOS empenhávamos em conjurar o que nos reservaria o porvir, ela afirmava, invariavelmente, que tudo se achava disposto de antemão e que só acreditava no Destino.

Para apoiar essa convicção recorria a demonstrações práticas tão arriscadas que, amiúde, nós nos víamos no dever de contradizê-la.

— Se eu decidisse parar de comer, morreria de fome, o que não demonstra que eu esteja predestinada a morrer por essa causa — argüia uma de nós, mas ela replicava que, se não fosse assim, alguma coisa estranha se encarregaria de interromper o jejum, e terminava afirmando que a prova de que as coisas deviam suceder de certa forma e não de outra era o fato de haverem acontecido daquela maneira.

Era inútil pedir-lhe que se precavesse de algum risco. Quando lhe avisávamos que os cadarços dos seus sapatos estavam desatados e ela podia cair, respondia, imperturbável:

— Se eu cair, é porque devo cair. De nada adianta atar os sapatos.

Nos dias de tormenta saía à rua e, encostada a uma árvore, olhava o céu como se tivesse decidido desafiá-lo, sem fazer caso dos relâmpagos nem dos trovões.

Era tão delicada que nos entristecia vê-la aproximar-se de todos os perigos, rir das superstições — que nós considerávamos advertências dissimuladas e benéficas —, deter-se embaixo dos andaimes, atravessar a rua sem levar em conta os automóveis, convencida de que nada era capaz de perturbar seu destino.

Na última vez em que a vi encontrei-a tão abatida que me foi impossível não lhe insinuar que se cuidasse. Em tom cheio de rancor e rebeldia, ela respondeu que isso não solucionava nada, que era demasiado tarde, e, por mais que continuássemos falando sobre seu estado, evitou em todos os momentos a palavra Destino.

ELVIRA CABRAL, você possuía tudo organizado para ser feliz; a testa lisa, a boca estirada, a cabeleira não muito evidente, os olhos não muito grandes. Tinha um ar familiarizado, onde quer que se encontrasse. Quando nos sentávamos juntas na Escola Normal, sempre me dominava o impulso de me mover, de gritar. Você se mantinha quieta dentro do seu grande avental engomado. Escrevia com letra alta e reta. Eu me sentava com você e às vezes sentia vergonha porque me era impossível permanecer dentro do livro, porque não conseguia escutar as outras sem interrompê-las. Você me fitava para objetar, muito séria:

— Deixe-as concluir. Sua vez já vai chegar — sem saber que o que me impelia não era impaciência, mas vontade de irromper, vontade de atordoar, de atordoar-me.

Você nunca se ruborizou. Nunca trouxe flores para a professora. Era a única coisa em que coincidíamos. Eu sentia tanto horror quanto você pelos ramos com que as outras chegavam. Você as fitava em silêncio e seu olhar se mesclava logo ao meu para dizer: basta!

Se você saísse cedo, parecia-me horrível pedir um lápis, uma folha de bloco Mentruyt a qualquer uma das outras.

Quando eu ficava sozinha, as demais me pediam que lhes contasse histórias picarescas. Quando você estava perto eu aquiescia, sabendo que essas narrativas a desagradavam. Mas, quando você ia embora, parecia-me mais decente não aproveitar sua ausência, eludir a reprimenda do seu grande avental engomado.

Uma tarde a professora nos leu um trecho de Juan Ramón Jiménez, e só então você começou a me ver. Era uma página de *Platero y yo*. Nós duas não sabíamos nada de literatura, mas tivemos, pela primeira vez, idêntico gesto.

Seu grande avental branco aproximou-se um pouco de mim. Esmerada, limpa, você me fazia pensar naqueles estojos de costura cheios de compartimentos para cada coisa. O grande avental engomado, com seu brilho fresco, com suas pregas esticadas e tranqüilas, foi o que mais me atraiu em sua pessoa. Sempre como se você tivesse acabado de vesti-lo, a rigidez de escarcha acrescentava à brancura do tecido a aparência triste e forçada das flores de cera.

Durante todo o ano você aparecia idêntica a si mesma, como se aquela fosse sua primeira manhã de aula. Nunca trouxe caramelos, nem nada que pudesse lhe tirar seu ar de ter tudo já disposto, para o dia, para a noite, para a vida inteira.

Antes de nos separarmos, no fim do ano, tentamos uns poemas no álbum de uma colega. Você escreveu uma estrofe que me comoveu. Eu lhe disse isso como lhe dizia tudo, inundada de entusiasmo, de desordem. Você leu a minha e só então, ao ir embora, ao nos despedirmos, comentou, muito séria:

— Você escolheu o mais difícil, o que eu queria ser. Mas já tenho tudo resolvido.

Só pude lhe dizer adeus. De um modo ou de outro, você não chegaria sempre a ter razão?

QUANTAS VEZES perdi o significado de uma frase, por aquele costume de contar as sílabas enquanto alguém me dirigia a palavra! Se meus dedos chegassem a marcar dez, eu experimentava um grande alívio, pois, do contrário, era-me imprescindível continuar marcando o tempo até que a frase terminasse na vigésima, na trigésima sílaba. No princípio, eu repetia as primeiras palavras, embora a voz de quem me falava já tivesse alcançado outro rumo, outra intensidade. Mas, uma vez obtida a frase de dez sílabas, eu prescindia desse hábito e podia escutar com calma.

Quando mamãe me repreendia, os dedos começavam a mover-se quase imperceptivelmente, e esse jogo invisível reduzia a eficácia do que ela me falava. Uma tarde alguém me disse: "Você chegará após muito tempo." A frase curta se deteve nos meus dedos. Seu significado íntimo, de luta, de alento, sua verdade, sua mentira não tinham altura nem importância ao lado da minha satisfação quando os dedos, já mais acostumados que o ouvido, recolheram-na íntegra e perfeita.

A poesia, no entanto, não me incitava a percorrê-la, a medi-la. Meus dedos se moviam, unicamente, quando alguém me falava, e em pouco tempo adquiriram tal destreza que fui capaz de seguir conversas inteiras marcando as sílabas com os dedos. Só que eu permanecia de fora. Quando me dei conta, demasiado tarde, foi-me necessário proporcionar todo tipo de gestos às minhas mãos para escamotear-lhes o ócio e desabituá-las, pouco a pouco, dessa distração absorvente.

Depois, só de vez em quando, meus dedos percorriam as dez sílabas de uma frase e se aquietavam sobre ela, como se a possuíssem para sempre. Mas eu também a escutava.

DURANTE MUITO tempo fomos a única família que possuía telefone na *calle* Tronador. Se alguém do bairro o necessitasse, precisava recorrer ao armazém ou pedir permissão para usar o nosso.

Chegou um momento, porém, em que decidimos negarnos a isso, pois a gente mais estranha penetrava em nossa casa. Mas, com freqüência, alguma de nós aquiescia, sem que as outras soubessem, ao pedido de algum desconhecido. Muitas vezes ocorria, por tal motivo, que ao atravessar a sala tropeçássemos, inopinadamente, em um sujeito que observava os aposentos, de soslaio, como se premeditasse um assalto, ou que uma voz rude irrompesse nos quartos, despertando-nos sobressaltadas. Outras, nos dispúnhamos a transmitir um recado, mas isso sempre nos desagradou porque temíamos que chegasse o momento de comunicar algo grave e não soubéssemos fazê-lo.

Uma tarde me pediram que chamasse o Hospital Español para averiguar como estava o filho do vizinho. Ao saber que ele havia falecido, permaneci junto ao telefone, sem decidir-me a comunicar pessoalmente a notícia ou a enviar outra pessoa que o fizesse com mais habilidade.

Com o propósito de sugestionar-me, tentei rememorar algo de sua vida, algum trejeito, alguma frase rodeada de tristeza, mas só acudiam à minha memória seus gestos mais risíveis, os contornos de sua figura desajeitada e lerda. Tratei de ensaiar um ar consternado, mas me convenci de que, embora meu pesar fosse autêntico, a expressão do meu rosto jamais chegaria a traduzi-lo.

Retardei a notícia o máximo possível e decidi ir em busca de Susana. O medo, que compartilhávamos as cinco, de não saber nos expressar nos momentos graves — e que haveria de nos perseguir até nas ocasiões em que a dor atuava em nós com uma força profunda e verdadeira — me impedia de abrigar muitas esperanças sobre a ajuda que ela me daria. Porém, quando a informei sobre o falecimento, Susana adivinhou o que eu pensava e me disse, imediatamente:

— Lembra-se de quando ele bebia água? Você ficava exasperadíssima!

No ato, eu o vi sentado à mesa, com um copo d'água à sua frente, e recordei que, como não gostava de água fria, ele ficava muito tempo aquecendo o copo entre as mãos, como vi fazerem mais tarde com o conhaque.

Bastou esse detalhe para que eu me sentisse segura de mim mesma e me decidisse a comunicar a notícia.

QUANDO TOCAVA o piano sabendo, como nós, que cedo ou tarde ele também seria vendido, apoiava os dedos sobre as teclas, suavemente, mas com uma urgência semelhante à de quem bebe água sem ter sede, porque pressente que a água não demora a lhe faltar.

Ao ficarmos quietas ao seu lado enquanto ela improvisava, começamos a notar um espaço rarefeito em seu penteado, e talvez por esse detalhe, ou porque sua música sentimental e suave nos entristecia, nós a amávamos, então, mais do que nunca.

Ignoro qual de nós falou, pela primeira vez, dos seus cabelos. A morte de meu pai, e a de Esthercita, conferiram-lhe uma aparência abstraída que distanciava, até torná-la irreal, a época em que ela era incapaz de tolerar uma fita desfiada, uma onda de seu bandó fora de lugar.

Acostumadas a seu esmero e a sua beleza, nós nos rebelávamos contra esse princípio de cansaço, e nos angustiava pensar que essa propensão à renúncia e à displicência poderia se acentuar.

Um dia em que a surpreendemos diante do espelho, e em que nos anunciou que seu cabelo vinha caindo, invocamos a mudança de estação e não sei quais outros pretextos climáticos, por mais que pressentíssemos que o outono seria longo e sua mentira, muito pouco duradoura.

Semana após semana, a transparência foi aumentando, paulatinamente, entre suas ondas negras, até que uma noite, um pouco brincalhona, um pouco triste, ela extraiu de uma caixa uma trança comprida, feita com seus próprios cabelos e que ela havia trazido por algum tempo em torno da cabeça.

— Vou usá-la — disse-nos, sorridente, como se esperasse que nossas palavras a convencessem de que ainda não era necessário. A trança nos parecia tão jovem, tão fresca, que nós aprovamos, e, ao pedirmos que ela a soltasse, os cabelos ficaram flutuando como se, de repente, alguém tivesse aberto uma janela. Mas a tristeza do quarto vazio, de seu vestido usado, daquilo que nós ainda não lhe podíamos dar, daquilo que se lhe havia ido por entre as mãos, diante dos seus olhos, ergueu-se em pura angústia por trás dos nossos gestos, de nossas palavras.

— Por que não a usa destrançada? Quando seu cabelo voltar a crescer, você a tira. Ninguém vai notar, e além disso é sua mesmo.

— Eu já havia pensado nisso — respondeu, com uma voz embaralhada de lembranças.

Estirada sobre a cama, a trança parecia um gesto definitivo, uma decisão, uma despedida. De vez em quando, uma de nós passava as mãos sobre suas ondas lisas e frias. Alguém a experimentou. Sobre aquela cabeleira loura, a trança quase negra produziu um efeito estranho e nós rimos. A emoção foi-se das palavras e também um pouco do seu medo.

Anos depois, quando ela se sentava diante do piano que lhe presenteamos em conjunto, nenhuma transparência nos inquietava, nenhuma apreensão estremecia nossa ternura.

À FORÇA de repeti-la para mim mesma, de verificar sua facilidade reconfortante, acabei por resolver todos os meus problemas com esta cômoda e acessível reflexão: "Aconteça o que acontecer, esta noite estarei dormindo."

Assim, quando eu urdia conjecturas acerca do futuro, confortava-me a certeza de que, no caso de não achar com quem me casar, me bastaria dormir para esquecer tudo, e então estabelecia longos horários de sono, que encurtassem a vida permitindo-me alcançar — sem ter vivido inteiramente e sem que minha presença fosse demasiado notada — aquela idade em que ninguém espera nada de nós.

Essa maneira eficaz de evitar atribulações me acompanhou nas mais diversas circunstâncias, naqueles momentos em que eu não encontrava nada a que me agarrar, como, por exemplo, ao aguardar minha vez no consultório de um dentista. Atenta ao zumbido do motor, àquele silêncio pontiagudo que precede a extração de um nervo, cravava os olhos no relógio para aprender, de memória, a duração exata de um, de cinco, de dez minutos, e repetir-me: "Dentro de quarenta, de noventa momentos idênticos a este, tudo terá passado e estarei dormindo."

Nunca cheguei a prever a insônia, uma angústia capaz de provocá-la, ou que não se dissipasse com o sono. Mas, alguns anos mais tarde, as noites começaram a alongar-se até quebrar essa convicção, e, ao deparar-me com a primeira tristeza, com o primeiro medo agitado e verdadeiro, compreendi todas as razões que me haviam assistido para evadir-me dessa forma.

Era a segunda noite em que, da minha cama, eu ouvia alguém abrir a porta que dava para o jardim, e os mesmos passos cautelosos se afastavam da minha janela. Como se essa saída misteriosa, pela porta mais próxima da rua, contivesse um perigo, um mundo novo e ignorado na vida de alguma das minhas irmãs, eu permanecia desperta, esperando que a pessoa regressasse.

Incapaz de adivinhar quem era, naquela noite eu me propus verificá-lo. Depois de aguardar que os passos se perdessem no fundo do jardim, levantei-me com a maior cautela e, envolta em uma manta escura, saí ao pátio iluminado pela lua cheia.

As grandes oliveiras-do-paraíso da *calle* Tronador desenhavam enormes trilhas de penumbra sobre os muros da casa. Avancei agachada, procurando que minha sombra não se alongasse demais, até me refugiar atrás de uma palmeira de onde era possível abarcar o fundo e ambos os lados da casa.

Embora a lua me permitisse seguir os menores recantos do caminho, não vislumbrei ninguém em nenhuma parte. Supus que os passos se teriam encaminhado para a rua, mas comprovei que o cadeado do portão se encontrava em seu lugar habitual.

De repente descobri que uma forma se mexia na parte mais clara do jardim. Apoiada contra uma árvore, envolta em um amplo poncho que havia pertencido ao meu pai, depois de fitar o céu alguns instantes ela abriu os braços para desembaraçar-se dele.

Nua, silenciosa, imóvel, seu corpo se destacou contra a porção escura do grosso tronco. Sem um estremecimento, como se esperasse algo, ela permaneceu nessa atitude alguns minutos. Quando se inclinou para recolher o poncho, retornei apressadamente ao meu quarto, e já na cama ouvi seus passos discretos, a porta que se fechava suavemente.

Na noite seguinte, oculta atrás da palmeira, eu a vi de novo, reclinada contra uma árvore, completamente desnuda, resplandecente de lua. Mas não havia transcorrido um minuto quando percebi que um homem se aproximava, assoviando, pela *calle* Tronador. Ao chegar ao limite da nossa grade, o assovio se deteve. Amedrontada, estive a ponto de gritar-lhe que se cobrisse, por mais que fosse impossível vê-la da rua. Ela, porém, também tinha ouvido, e, apressadamente, recolheu seu poncho para regressar à casa.

Muitas vezes retardei meu sono, mas a cena não se repetiu.

Um dia em que buscava um livro no quarto de Marta, descobri, entre suas coisas, um método para adquirir beleza. Algumas folhas dobradas marcavam uma receita que consistia em sair, despida, em uma noite de lua cheia. Bastava manter-se alguns minutos em contato completo com aquela luz fria para obter uma sedução irresistível. Era evidente que, ao submergir-se três vezes consecutivas nesse banho de lua, ela esperava intensificar o efeito.

CERTA NOITE Irene descobriu um gesto que quase sempre eu realizava às escuras e que consistia em, dissimuladamente, tirar um braço de sob as cobertas para alinhar meus sapatos embaixo da cama. O aborrecimento que já me vinha da certeza de não dispor de um dia, de uma noite, sem vê-los estorvados por uma dessas manias impossíveis de abandonar agravou-se pela atitude irônica da minha irmã, de tal modo que algumas vezes temi chegar a odiá-la.

Quando nos deitávamos, era eu quem apagava a luz, e, enquanto Irene fumava um cigarro no escuro, eu podia arrumar meus sapatos com toda a tranqüilidade.

De manhã, porém, era-me impossível impedir que Irene, com mau humor matinal, ao tirar um vestido do roupeiro situado junto à minha cama desse um pontapé, às vezes sem querer e quase sempre de propósito, em um dos meus sapatos. Sem necessidade de observá-la eu sabia se seu gesto era ou não premeditado, e, sem dizer palavra, apertava os dentes, fingia-me adormecida ou chorava em silêncio até que ela saísse e eu pudesse recolocá-lo no lugar.

Persuadida da inutilidade de toda explicação, de toda súplica, acabei por tentar inspirar-lhe compaixão. Disse-lhe que, por mais absurdo que lhe parecesse, sua atitude era suficiente para me amargar o dia inteiro, e que em muitas noites eu ficava sem dormir por sua culpa. A aparente sinceridade de sua contrição me induziu a supor que minha eloqüência havia conseguido enternecê-la, mas, na manhã seguinte, o jogo exasperante recomeçou.

Só depois de muito tempo consegui entender seu desassossego, seu mau humor. Ela precisava levantar-se várias horas antes de mim. Quando nossos horários coincidiram, a fileira de sapatos permaneceu intacta embaixo da cama.

PERMANECIA DE cama muitos dias e, quando lhe perguntavam se havia dormido bem, suas respostas eram sempre tão estranhas que, ao escutá-lo, eu não podia afastar a certeza de que nos enganava.

— Esta noite soltei uma pipa, e ela serpenteava com tanta força que quase me arrastou. Hoje vou ficar de cama porque estou muito cansado.

Eu reprimia todo comentário e, um pouco impaciente, saía do seu aposento.

Quando se sentia melhor, passava quase todo o tempo na rua. Contava 18 anos e o único regozijo que lhe conhecíamos era o de ajudar as crianças do bairro na construção de pipas, mas sua debilidade mal lhe permitia segurá-las, uma vez soltas, e quando alguma se desprendia ou caía, rodopiando, ia para seu quarto e não voltávamos a vê-lo durante muito tempo, pois esse entretenimento o distraía tanto quanto o agoniava ver uma pipa destroçada contra a copa de uma árvore.

Uma tarde — já de novo na cama —, construiu uma enorme pipa verde. Depois de colar um monte de papéis hexagonais com um grude espesso, lançou-se subitamente para trás, fechou os olhos e disse que se afogava porque as janelas eram estreitas demais.

Quando afastaram a pipa, que abarcava quase todo o leito, ele já havia morrido.

Por mais que as dificuldades pecuniárias nos perseguissem durante todo o dia, assim que o jardim começava a povoar-se de sombras conseguíamos fugir delas e, agrupadas no quiosque, vivíamos com sofreguidão as últimas horas que ainda nos separavam daquela porção prazerosa e misteriosa que compartilhávamos na penumbra.

Uma noite em que cada uma distanciava seu sono até parecermos, de repente, muito distintas, Marta perguntou a mamãe em que se baseavam as mulheres para saber se amavam um homem.

Sempre disposta a nos responder com uma seriedade que eu só descobri muito depois, mamãe retrucou sorrindo:

— É muito fácil. Basta imaginá-lo nas situações mais grotescas. Cantando nu sobre um tapume, por exemplo. Se ele suportar essa prova e não provocar repulsa, é porque é verdadeiramente amado.

Todas rimos e começamos a imaginar nas mais ridículas indumentárias e situações os homens que conhecíamos. Nenhum nos parecia capaz de resistir a uma postura inadequada.

De repente, como se a tivéssemos cercado de um silêncio expectante, ou acabasse de nascer em todas nós a mesma interrogação, Georgina perguntou:

— Quando se enamorou de papai, você precisou imaginá-lo de mil maneiras para saber se o amava?

— Não foi necessário — respondeu mamãe, com tal entonação de orgulho e de reprimenda que todas nos sentimos envergonhadas.

Certa vez me ocorreu fazer uma lista das minhas manias para contemplá-las friamente e tentar livrar-me de alguma. Embora reconhecesse que as mais tenazes se arraigaram em meus primeiros anos, propus-me combater as mais recentes. No entanto, esse estudo prematuro não me deu nenhum descanso, e durante muito tempo continuei invejando minhas irmãs, as quais, ao se deitarem, não perdiam um minuto sequer, ao passo que eu passava horas inteiras em idas e vindas que não me traziam nenhuma utilidade nem alívio.

Quando executava alguma coisa com ordem, não era por meticulosidade, mas pelo impulso obsessivo de proporcionar um bem-estar a qualquer objeto e, se possível, para que ele ficasse em contato com outro similar. Os lápis de cor, as palavras recortadas, os brinquedos não conheceram nenhuma solidão, pois sempre se encontravam situados um ao lado do outro, como se conversassem em segredo.

Recordo que a preceptora nos habituou a que arrumássemos nossa roupa. Eu colocava as camisolas umas em cima das outras, procurando que não encostassem nas calcinhas, e nunca pude deixar uma anágua sozinha, afastada das outras, porque me parecia que ela ficava triste.

Antes de nos deitarmos devíamos guardar os brinquedos em seus lugares. A mim não bastava agrupar as bonecas, proporcionar-lhes a suficiente ternura do contato com seus braços. Além disso, eu cuidava de suas posturas. Às vezes era necessário levantar-me à noite para ir, às escondidas, ao quarto de brinquedos e certificar-me de que nenhuma mantinha um braço para o alto, a cabeça abaixada ou voltada para trás. Eu não poderia dormir sabendo que ela passaria toda a noite com uma perna encolhida, sentada de lado, em uma posição incômoda. Esse costume me acompanhou por muito tempo. Mais tarde, ao visitar alguma casa onde houvesse crianças, eu esperava que elas estivessem deitadas para me aproximar das bonecas, dissimuladamente, e com um gesto distraído baixar um braço, endireitar uma perna.

Também nunca pude beber só um gole de água ou de qualquer outro líquido. Era imprescindível que fossem dois, quatro, seis. Até quando me via obrigada a tomar um remédio de um trago, eu o separava em dois dentro da boca, por mais desagradável que fosse. Com a cerveja me acontecia o mesmo; por mais sede que tivesse, à medida que a bebia eu contava os tragos para deter-me sempre em um número par, e durante muito tempo, todas as noites, antes de me deitar bebia quatro golinhos de água.

DOS ANOS transcorridos na *calle* Tronador, existem poucas coisas que eu gostaria de esquecer, já que o tempo suavizou seus contornos amargos ou sofridos, mas nenhuma distância consegue diminuir um desgosto que suportei por dois anos: a cama dobrável.

Como todos os quartos achavam-se ocupados, foi necessário que eu dormisse no salão grande, que, desse título reconfortante, só conservava o sentido do seu tamanho. Para conferir-lhe um aspecto mais cheio, mamãe havia colocado um enorme biombo — outro utensílio degradante — no canto oposto ao que o piano ocupava, e, oculta atrás do biombo, minha cama dobrável.

Todas as noites, antes de me deitar, eu precisava afastar o biombo para abrir minha cama. Essa operação — que por si só bastava para estimular qualquer insônia — me produzia um mau humor inevitável. Era-me impossível deixar de pensar que eu dormia ao léu e que esse leito diariamente improvisado subtraía seriedade ao sono. Sentia-me humilhada por dormir em uma cama feita para ser recolhida com todas as cobertas — comigo dentro, se eu me descuidasse — e estremecia ante a simples idéia de adoecer na presença de alguma visita e de alguém aproximar de mim a cama portátil, como se não fosse a própria pessoa que deve ir ao encontro desse móvel respeitável.

Quando, todas as manhãs, a cama desaparecia atrás do biombo, eu experimentava um grande alívio, mas, se recebêssemos visitas e brincássemos de esconde-esconde ou de prendas, sua existência dissimulada voltava a intranqüilizar-me. Eu tinha certeza de que todos, sem vacilar, se ocultariam atrás do biombo, e ao toparem com a cama — quase tão alta quanto uma geladeira — e inquirirem quem se arriscava a descansar nela, minhas irmãs me denunciariam em um tom tão irritante como de hábito.

Um ano mais tarde, mamãe me comprou um divã em um leilão. Chegou a tempo, pois tive de permanecer de cama várias semanas, e tremia de vergonha ao imaginar que o médico poderia ter-me auscultado naquele leito indecoroso, improvisado e humilhante.

Quando trouxeram o divã, senti, ao estirar-me pela primeira vez nesse leito modesto, mas intransformável e definitivo, que uma grande felicidade me invadia.

Uma tarde em que veio, como de costume, tomar o chá, começamos a rir dela e procuramos convencê-la de que era fria, de que, por mais noiva que estivesse, era incapaz de sentir uma paixão, de ter um gesto como os que imaginávamos deverem praticar as mulheres apaixonadas. Um pouco incomodada, ela objetou que nem todo mundo se expressava igual e, embora amasse muito, preferia não evidenciar isso.

Ansiosas por prosseguir com a zombaria, nós nos empenhamos em achar alguma expressão que começasse com carne e em atribuir-lhe um apelido que implicasse, ao mesmo tempo, carne e frieza.

— Carne murcha, carne lisa — enumerou Marta.

Empenhada em atinar com um termo justo e agarrando-me ao primeiro, "Carne mole", gritei-lhe eu, e todas repetimos "carne mole" com uma voz alegre.

Ela foi para o jardim e nessa tarde comportou-se mais friamente do que nunca com o noivo, que havia vindo buscá-la. Quando se dirigiram ao quiosque, decidimos nos aproximar e, sem compreender seu pudor, passamos junto deles, repetidas vezes. Uma de nós disse em voz baixa: "carnemole", mas ela simulou não ter ouvido e, ao despedir-se de nós, beijou-nos como sempre, sem que nenhum rancor enfraquecesse seu abraço.

Um mês antes da data do casamento, o noivo sofreu um acidente que lhe exigiu a amputação de uma perna. Suspeitamos que ela fosse abandoná-lo, que buscasse um pretexto para não se casar com ele. Mas aconteceu o contrário; os dois jamais se separaram.

Somente em uma ocasião voltamos a dizer "carnemole". Ainda que ela não estivesse presente, descobrimos, de chofre, que havíamos sido injustas e que o apelido retrocedia às nossas bocas com aquele tom de voz baixa das grandes repreensões.

UMA VEZ descartado o problema das galinhas, surgiram outros impedimentos tão difíceis de resolver que acabei me convencendo de que a única solução era permanecer solteira.

Bastava imaginar o instante em que meu marido tiraria as meias para que me percorresse um estremecimento. Mais do que repulsa, era o temor de que seus pés não fossem corretos, ou de que esse gesto o prejudicasse até o extremo de me fazer deixar de amá-lo. Eu suspeitava que uma noite, depois de inspecioná-los, ele comentaria suas observações, as desvantagens das botinas novas ou dos desequilíbrios atmosféricos. Embora comprovasse, diariamente, o recato que existia entre nós, cheguei a me persuadir de que a intimidade conjugal implicava a aceitação de muitas coisas duvidosas, de que nenhum gesto seria ocultado pelo outro, e assediava mamãe com perguntas, sem conseguir me despreocupar por muito tempo, apesar de suas respostas tranqüilas e das risadas de todas as minhas irmãs.

A irritação que qualquer frase relacionada com os pés me proporcionava induziu-me a pensar nas pessoas que poderiam me falar deles sem enfraquecer meu afeto, mas bastou-me supor que um engenheiro amigo da família arriscasse uma alusão a esse respeito para que ele se despojasse de sua aparência misteriosa e refinada.

Existia, contudo, um inconveniente muitíssimo mais grave: o nariz.

Não me importava sua forma, ou sua função respiratória, mas a freqüência com que alguns homens o tocam, referem-se a ele, acariciam-no em atitude meditativa. Um dos meus maiores temores consistia em que algum dos meus amigos deixasse de vir uma tarde alegando um contratempo nasal, pois, embora o fato não me importunasse, eu me consideraria humilhada ao receber uma mensagem em que esse órgão justificasse uma ausência.

O nariz de uma mulher, de uma criança, achatado e branco contra uma vidraça — que o público dos cinemas festeja com demasiada freqüência —, produzia-me tanta repugnância que a simples possibilidade de que uma atriz predileta realizasse esse gesto era suficiente para que minha admiração decrescesse, no ato.

Ignoro a vantagem dos que desconhecem esses pequenos medos que deambularam pela minha meninice, mas sei que eles influíram em minhas predileções a ponto de eu anular um noivado prematuro.

Depois de visitar nossa casa durante vários meses, uma tarde em que ficamos sozinhos ele me pediu papel e lápis para copiar um poema que desejava me dar.

Sentado à mesa, procurava recordar o começo, enquanto, instalada no lado oposto, eu contemplava seu rosto grande, suas mãos delgadas e opacas. De repente, uma onda de aversão me obrigou a levantar-me para não o olhar.

Ao encostar o queixo na palma de uma das mãos, ele havia estendido o dedo médio para apoiá-lo contra a ponta do nariz. Intuí, imediatamente, o que ocorreria. Não lhe bastou apoiar o dedo; ele o foi empurrando para cima até conseguir que as fossas nasais se distendessem e que a ponta do nariz empalidecesse ao redor do ponto pressionado pelo dedo.

O gesto durou apenas alguns segundos. Foram suficientes para que eu me decepcionasse definitivamente e experimentasse um grande alívio quando ele me anunciou que estava de saída.

Não lhe bastava fazer girar suas pupilas constantemente. Cada mirada provocava um movimento simultâneo da cabeça, como se seus olhos descoloridos pretendessem não deixar nada sem captar.

Esse perpétuo vaivém terminou por produzir em mim uma irritação difícil de reprimir.

— Você não consegue olhar sem mover a cabeça? — perguntava-lhe eu, incapaz de conceber que ele não soubesse fazer isso, corretamente, aos 16 anos.

Nas noites em que todos nos reuníamos na praça, desafiava-me a adivinhar o número de um bonde que se achava a mais de oito quadras de distância. Era-me inútil perscrutar o letreiro luminoso; eu jamais conseguia distinguir o número até muito depois que ele o anunciava. Não tardei a descobrir, contudo, que a disposição das luzes lhe permitia conhecê-lo de longe.

Certa vez perguntei-lhe como se arranjava para dormir e se permanecia imóvel durante o sono.

— Tenho medo — respondeu, com uma voz espremida e seca. — Dizem que quando alguém olha fixamente alguma coisa, esta acaba por persegui-lo. Por isso eu olho as coisas de relance e, assim que consigo ver uma, passo logo para outra.

— É impossível que tudo o que você vê o persiga — retruquei. — No máximo serão uma ou duas: o gato, alguma pessoa...

— Uma ou duas — disse ele, sorrindo, e afastou-se repetindo: — Uma ou duas...

Quando teve de alistar-se, os médicos lhe examinaram os olhos e o dispensaram.

Não só eu, mas também minhas irmãs, os vizinhos, havíamos acreditado que ele possuía uma visão sobrenatural. Na realidade, estava quase cego.

Seis adolescências ao redor de uma mesa. Seis estômagos adultos em torno de uma toalha à qual os comestíveis não traziam nenhuma presença reconfortante.

Eduardo e todas nós nos esquadrinhávamos as faces para surpreender alguma distração em nosso apetite. Mas todos tínhamos fome. Uma fome íntegra, contínua, definitiva.

Nesse dia cabia a mim o prato "extra". Quando me lembro disso, sobressalto-me por havermos madrugado para ir ao encontro daquilo que já sabíamos insuficiente e para adiantar-nos à comodidade escassa, momentânea, desse prato supranumerário.

No aposento ao lado alguém partia pães de Viena, recém-saídos do forno, e os untava com manteiga.

Ao redor da mesa, os outros cinco aguardavam, dissimuladamente, a decisão de minha fome. Eu aceitaria ou não? Essa manhã era a minha vez! Sentaram-se para beber seu café com leite, acompanhado só de um pedaço de pão, e eu me aproximei, decidida, do meu assento. O prato "extra" consistia das migalhas que se desprendem dos pães quando se cortam fatias. Depois de reuni-las em um pratinho, nós as pulverizávamos com açúcar e nos servíamos de uma colherinha para que durassem mais. Como éramos seis, chegava-nos o turno uma vez por semana.

Quase nunca incorríamos na generosidade de alterar a ordem preestabelecida. Enquanto retinha na boca as migalhas nem tanto apetitosas, eu suspeitava que os outros baixavam os olhos para não me estorvar com miradas excessivamente eloqüentes.

Tínhamos o pudor da fome. Se não cedíamos, às vezes, esse prato "extra", era por pudor, pelo pudor de quem teria de dissimular seu entusiasmo. Nossa fome era uma fome pudica. Uma fome bem-educada.

Depois escasseou o prato extra. Descobrimos que o pão dormido era mais acessível e avultava mais o estômago. As migalhinhas de pão desapareceram do cardápio.

Mas, na outra parte da casa, alguém continuava despedaçando os pães de Viena, e esse simples gesto, cheio de crepitações misteriosas, enchia-nos de ódio.

UMA NOITE, sem nenhuma razão, ocorreu-me que seria terrível não poder resistir ao impulso de manifestar a alguma das minhas amigas que sua mãe era estúpida ou que sua irmã preferida só merecia o qualificativo de insignificante, de tonta. Mas dizer isso com calma, sem empregar um tom de desculpa nem me amparar em uma disputa; da maneira mais direta, simplesmente, enquanto tomássemos o chá, diante de todos, como se eu acabasse de comprová-lo. Logo parei de refletir sobre esses absurdos e acabei por adormecer, mas, alguns dias depois, durante a visita que fizemos, Susana e eu, a uns amigos que nos queriam muito, assaltou-me repentinamente a tentação de proclamar que o dono da casa era um imbecil.

Senti que o impulso se tornava irrefreável e que uma sensação estranha de rubor e de medo me subia pelas pernas. Enquanto os demais tagarelavam e riam, eu aguardava o momento propício para dizer "seu pai é um imbecil", tão serenamente como quando se chega a uma conclusão.

À força de me conter e de me repetir que unicamente eu poderia merecer esse qualificativo, consegui refrear o impulso, mas precisei dizer "seu pai", aproveitando um instante de bulício, e terminar a frase de qualquer maneira, para experimentar um alívio.

Às vezes me afastava das pessoas, me trancava no banheiro e dizia, em voz baixa, o que uma força interior pretendia me obrigar a proclamar em voz alta. Outras, trocava o nome e, em vez de "sua mãe é feia", dizia: "fulano é feio" ou "sua mãe tem um humor magnífico". Com freqüência, ao mencionar as pessoas, a obsessão se tranqüilizava até desaparecer completamente. Já calma, eu sentia lástima, vontade de chorar.

NERVOSA, VEEMENTE, apressada, nós a víamos passar quando voltava da escola. Às vezes falava sozinha, mas outras ia pensativa, olhando para o chão. Sua casa, confinante com nosso jardim, permitia-nos ouvir, das grandes figueiras do fundo, as contínuas recriminações de sua mãe.

Uma tarde em que brincávamos de esconder, eu me ocultei atrás de umas chapas de zinco situadas junto à parede-meia. Enquanto me procuravam, ouvi um grito e uma frase que não consegui afugentar durante todo o dia. Era a menina que víamos passar todas as tardes. Atormentada por não sei quais visões terríveis, o medo que enrouquecia sua voz me obrigou a sair do meu esconderijo. Minhas irmãs também tinham ouvido e todas juntas passamos a escutar, encolhidas contra a parede para impedir que nos vissem.

— Não me dê comida! Pode me bater quanto quiser, mas não me tranque no escuro! Por favor, não me tranque no escuro!

Ouvimos o estampido seco de uma bofetada e alcançamos outro grito, mais afastado:

— Não me tranque no escuro!

Depois houve um longo silêncio. Seguramente, ela já estava rodeada de solidão. Compadecidas, sugestionadas pelo medo que desbotava sua voz, decidimos intervir. Golpeamos as mãos, várias vezes, e, como ninguém acudisse, começamos a lançar pedras contra o telhado da casa. Ao ouvi-las ricochetear sobre as chapas, a mulher assomou, enfurecida.

Com a maior doçura possível, Irene lhe perguntou por que não infligia outro castigo à filha, já que o medo das trevas poderia fazer mal à menina; mas a mulher refutou, encolerizada:

— Eu sei o que faço. Para isso sou a mãe dela.

No dia seguinte, quando a vi retornar da escola, aproximei-me e disse:

— Não se desespere se a trancarem em um quarto escuro. Nada pode lhe acontecer, é como se você tivesse os olhos fechados. Quando sua mãe comprovar que isso já não a assusta, não vai trancá-la mais. Você deve aparentar que não se importa, embora morra de medo.

— Farei isso — respondeu-me, com uma voz tão aterrorizada ante a simples possibilidade do castigo, que decidi enganá-la e dizer-lhe que, depois de me punir dessa forma, haviam desistido ao constatar que não me produzia grande efeito.

Nessa noite, enquanto me deitava, pensei na escuridão e, pela primeira vez, me deu medo. Resolvi, contudo, realizar uma experiência para saber se o medo podia transformar-se em algo terrível, ou se era possível acostumar-se. Tranquei as portas e me imaginei rondando pelo quarto em busca de uma saída ou, pelo menos, de algum interstício que deixasse passar uma fresta de luz.

O medo me fez perder, durante um momento, o triangulozinho de luz que entrava pela fechadura. Procurei me tranqüilizar, vencer minha angústia. Desesperada, avancei tateando entre os móveis, cuja localização eu retinha exatamente, e com um suspiro de alívio abri a porta, de par em par.

Aos 10 anos, ignoro por qual motivo, deixei de rezar, mas ao saber, na Tronador, que as outras continuavam fazendo isso, comecei de novo a recitar pai-nossos, ave-marias.

Uma noite ocorreu-me que eu devia me sacrificar um pouco mais, já que nunca ia à missa, e decidi rezar de joelhos, junto ao travesseiro, mas, como dormia no mesmo quarto com Irene, precisei apressar-me e fazê-lo às escuras para que ela não me visse.

À medida que me habituava a rezar, a lista de pessoas pelas quais eu pedia ou agradecia alguma coisa ia aumentando. Eu rezava por mamãe, pelas irmãs — para que se casassem —, pelos terrenos hipotecados em Mendoza, pela velhinha que vendia jornais na estação... para que o mundo não acabasse de uma maneira catastrófica, pois nessa época corria a notícia de que alguns haviam preferido suicidar-se a esperar a realização dessa profecia. Em pouco tempo dividi a lista em três partes; pelos da minha casa, pelo mais urgente e pelo que podia ter solução lenta, mas raras vezes consegui fazê-lo com calma, já que me era indispensável vigiar Irene constantemente, para que ela não me surpreendesse.

Mais tarde pareceu-me que essa postura era demasiado cômoda e determinei ajoelhar-me no chão. O medo de que alguém me visse me impedia de rogar com tranqüilidade, embora eu soubesse que nós cinco compartilhávamos esse pudor.

Nas raras ocasiões em que devíamos persignar-nos todas juntas, sempre procurávamos fazê-lo enquanto as outras não estavam olhando, e, mais do que por qualquer outro motivo, deixamos de assistir à missa pelo temor de nos comportarmos mal, de ajoelhar-nos na hora errada, de que alguém nos olhasse de maneira irônica, de que a alguma de nós ocorresse vigiar as demais.

Certa manhã em que, vestida para ir tomar o trem, eu me ajoelhei ao lado da cama para rezar, ouvi que Georgina girava a maçaneta. Sem vacilar, joguei-me no chão e simulei que alguma coisa minha havia caído embaixo da cama. Creio que Georgina suspeitou do que ocorria, porque me ruborizei. Ela, porém, nunca me disse nada.

Uma tarde, ao voltarmos da escola, vimos um indivíduo que discutia com mamãe. A cobiça com que ele olhava o piano revelou-nos, de imediato, o motivo de sua visita; dias antes, outro sujeito semelhante havia coincidido com a ausência definitiva de nossa máquina de lavar.

Quando o homem foi embora, mamãe nos disse, com uma voz na qual o cansaço parecia mais arraigado do que nunca:

— Decidi vender o piano.

Unanimemente, nós todas intuímos que o pior se aproximava, pois, embora a tivéssemos pressentido muitas vezes, a venda do piano era algo em que não admitíamos deter-nos sequer por um instante. Já haviam desaparecido o console, o enorme espelho da sala, quase todos os móveis que trouxéramos de Mendoza, mas a entrega do piano significava a pobreza sem disfarces, decisiva. Nem mesmo a venda da maior parte do jardim nos havia entristecido tanto, já que nenhuma cerca nos separava ainda das árvores familiares, dos cantinhos mais sombreados. Outra coisa era resignar-nos à falta do piano, pois ele constituía tudo o que não remetia à pobreza, o único objeto que nos proporcionava um espairecimento ante certas atividades necessárias, aborrecidas e cotidianas, como lavar pratos, cozinhar, fazer as camas. Uma após a outra, costumávamos tocar algumas peças, em frente às janelas abertas, persuadidas de que os vizinhos saíam à calçada para nos escutar.

Nessa noite decidimos que todas tocaríamos algo para despedir-nos dele. Mamãe o fez antes de nós, mas seus dedos se arrastaram sobre as teclas até que ela parou, repentinamente, pretextando que estava sem vontade. Irene e Marta só se detiveram alguns minutos. Depois tocou Georgina, que sabia mais música do que as demais. Minha vez era a seguinte e a última.

Quando me sentei ao piano, pareceu-me que nenhuma despedida poderia obter aquele tom responsivo, aquela tristeza definitiva. Já se haviam retirado todas e eu continuei tocando, longo tempo, uma peça após outra, como costumava fazer muitas vezes para que me ouvissem de suas camas. Sem envergonhar-me comprovei que uma lágrima tremia sobre as teclas e escorria lá para dentro.

Na manhã seguinte um caminhão veio buscá-lo. Agrupados nas portas, como se se tratasse de um enterro, os vizinhos comentavam o traslado. Atrás das persianas, sem nos atrever a sair à rua, contemplávamos o piano negro, silencioso, reluzente, até que, uma vez instalado no caminhão, cobriram-no com umas lonas.

Um instante mais tarde vimos que mamãe se dirigia ao seu quarto com algo embolado em uma das mãos Quando entramos no salão, uma de nós tentou uma brincadeira ao notar que o lugar vazio estava cheio de poeira, de teias de aranha. Em silêncio, vestimos os aventais brancos e partimos para a escola. Mamãe ficou sozinha diante do retângulo empoeirado.

Antes dos 13 anos, a honradez era para mim uma norma que não permitia folgas. O anelo de satisfazer uma pequena vingança me fez incorrer na tentação de infringi-la. Mas sempre me reteve a certeza de que ia prejudicar não só quem eu pretendia. Essa argumentação, ademais, refere-se unicamente a certas exigências alimentícias contrariadas, com sobeja freqüência, pela comida dos cães.

Mais hábil do que eu, mais inteirada da desnecessidade da nutrição quando é muito combatida, Marta, em contraposição, passava diante deles com um ar cansado e indiferente. Ao divisá-los junto à grade, ou encolhidos durante a sesta naquela modorra provocada pelas grandes comilanças, eu sentia que um gesto de punho fechado me molestava por dentro.

Não que deixasse de querê-los. O grande, sobretudo, parecido com um bezerro negro, me enternecia ao plantar suas enormes patas sujas e quentes sobre meus ombros, quando voltava de uma correria. Do outro eu não gostava tanto. Era um cão pastor que nos fazia pensar nessas filhas de famílias numerosas que de repente chegam quando as finanças florescem, aprendem a tocar piano, cursam o liceu para moças e, em geral, têm um nome com diminutivo e aderências.

Tinham chegado à nossa casa acompanhando uns parentes que durante dois anos compartilharam-na conosco.

Às dez da manhã e às cinco da tarde, uma aversão incontível me separava dos cães. Era a hora em que eles ingeriam dois litros de leite e um quilo de pão, daquele pão crocante que até hoje me deleita, e devíamos assistir, todos os dias, a esse espetáculo, procurando distrair a angústia de um apetite submetido a uma freqüente ausência de comestíveis.

Era em tais momentos que a honradez me parecia uma virtude difícil de respeitar, e eu gostaria de subtrair algum pão, sempre que os donos dos cães tomassem conhecimento do roubo, pois, do contrário, este perderia grande parte do seu interesse.

A preguiça e a saturação de Marta prepararam, enquanto isso, uma pequena vingança que todas esperávamos por igual.

Havíamos estabelecido que cada uma de nós lavaria, por turnos, a cozinha e os utensílios, nossos e dos parentes, durante uma semana. Enquanto Irene, Georgina, Susana e eu nos encarregávamos da tarefa, sabíamos que a louça não se reduziria significativamente, mas, quando chegava o turno de Marta, prevíamos as conseqüências.

Sabíamos que pouco a pouco, com uma apatia sistemática, sem histerismos, sem exclamações, sem negar-se a cumprir sua obrigação, ela deixaria caírem, um por um, os pratos, as taças, as xícaras, para acalmar sua aversão por essa tarefa que sempre nos pareceu monstruosa e repetitiva. Quando conseguiu reduzir o aparelho ao número indispensável, Marta nos disse, sem a menor malevolência e sem nenhuma satisfação aparente:

— Há 11 pratos rasos, 11 de sopa, 11 de sobremesa, e igual número de xícaras e de taças. O mesmo acontece com os talheres. Esta manhã me caíram três colheres dentro do ralo e não consegui tirá-las. Façam o favor de tomar cuidado.

Cumprida essa primeira parte do programa, com a mesma aparência fria e descuidada ela ensinou os cães — demasiado aristocratas para que lhes permitíssemos comer os restos — a lamberem os pratos sujos. Um por um, enfileirava-os para que os cães, atraídos por esse sabor novo, se lançassem sobre eles, até que, já reluzentes, Marta os situava com grande cuidado embaixo da torneira aberta.

Agora suspeito que o que parecia ser rancor era, na verdade, descontentamento. O sistema obteve pelo menos uma finalidade que ela não se havia proposto: os cães a amavam, sem compreendê-la.

QUANDO o apetite estimulava nossa imaginação, Susana, Eduardo e eu nos reuníamos para resolver o modo mais adequado de conseguir umas moedas. As irmãs mais velhas não intervinham nessas prementes disposições, nem tinham conhecimento, como nós, do valor das garrafas vazias, dos encanamentos avariados, dos chapéus em desuso, nem eram capazes de reconhecer a que ramo correspondia o grito do comprador que ressoava na quadra.

Nós, ao contrário, sabíamos apreciar, na primeira olhada, uma torneira em mau estado, a instabilidade de um tabique capaz de nos proporcionar algum tirante negociável, os recursos com que um sobretudo esquecido em um baú do porão poderia nos brindar.

Essa maneira de afugentar o apetite, no entanto, custou-nos dois aborrecimentos que nos obrigaram, muito à nossa revelia, a desistir de tais maquinações alimentícias.

O primeiro encontro com rostos adustos e recriminações ocorreu quando, ao ouvirmos a voz do velhinho que comprava sapatos usados a $1,50 o quilo, saímos à rua para oferecer-lhe um par de magníficas botas de senhora, que haviam custado $45, e pelas quais recebemos a estimulante soma de $1,65.

O outro proveio de que nossa generosidade culinária nos instigou a facilitar que a família usufruísse de uns ovos quentes.

O vizinho do fundo possuía um galinheiro bem sortido de galinhas poedeiras, separadas do nosso jardim por uma parede que mal nos chegava aos ombros. Uma tarde em que o cacarejo feliz de uma galinha repercutiu em nossos estômagos com uma nostalgia definitiva e sedutora, decidimos executar um plano, postergado repetidas vezes.

Munidos de um caniço, em cuja ponta havíamos prendido uma latinha de tal modo que pudesse oscilar mediante uma corda, ao ouvir o primeiro cacarejo escalamos a parede para aproximar o recipiente, e um só puxão bastou para que o ovo rodasse dentro da lata, sem o menor tropeço.

Durante as duas horas que durou essa manobra, só obtivemos meia dúzia de ovos, em virtude de que as galinhas não observavam um horário fixo, mas a tarefa não poderia ser mais cômoda, pois elas se encarregavam de anunciar o momento em que acabavam de pôr um ovo.

Ao longo de uma semana chegamos a pescar quase todos os ovos do galinheiro, mas o cacarejo tão benéfico fez malograr o sistema. Farto de acudir a esse chamado absurdo, sem encontrar nenhum rastro benemérito, o vizinho suspeitou que ocorria algo inusitado, visto que era inverossímil supor um engano tão reiterado por parte das galináceas.

Uma manhã em que, mediante mil subterfúgios, atraíamos um ovo para a latinha, o rosto congestionado do vizinho irrompeu por trás de um caixote e, nessa mesma tarde, uma tela de arame nos distanciou, para sempre, desse esporte nutritivo.

Aos 14 anos, um dos meus passatempos prediletos era gritar desaforadamente e, quando já não podia mais, rir, rir baixinho no começo e ir aumentando até que as gargalhadas ressoassem em toda quadra. Susana e Eduardo me acompanhavam a passar tardes inteiras sentados nos umbrais das casas vizinhas, rindo até que os ocupantes nos implorassem que fôssemos embora.

Outras vezes eu me punha um chambergo de homem e, envolta em um poncho, subia ao telhado da cozinha, do qual me era possível contemplar o interior das casas circundantes, e, depois de lançar alguns tijolos sobre as chapas a fim de chamar a atenção dos vizinhos, iniciava meu discurso.

Logo após vociferar duas ou três palavras em diferentes idiomas, chamava todos os vizinhos por seus nomes, com uma voz estentórea, e, quando algumas cabeças receosas começavam a assomar por sobre os muros, minha voz e minha gesticulação adquiriam tal ênfase que meus gritos acabavam por ricochetear contra as portas, contra os vidros das janelas, contra os telhados de zinco.

Às vezes inquisitiva, outras, irônica, aos impropérios seguiam-se parágrafos em inglês, em francês, frases deslocadas, o nome de algum vizinho, os escassos termos italianos e noruegueses que eu conhecia, insultos coletivos, uma gargalhada estridente, um verso amaneirado. Se algum vizinho incorria na tentação de me desaprovar ou de aplaudir, intensificavam-se os insultos, minha insuficiência poliglota, minha gesticulação arbitrária, os golpes contra as chapas de zinco.

Quando suspeitava que meus gritos não tardariam a negar-se a sair de minha boca, eu executava exercícios de equilíbrio sobre o muro para começar, um momento depois, a segunda parte do meu programa. Uma risada quase imperceptível ia-se transformando, paulatinamente e sem alterar minha seriedade, em uma gargalhada seca como um estampido, à qual se sucediam outras cuja precipitação me obriga, até hoje, a sorrir.

Envolta no poncho, cara vermelha, chambergo caído sobre os olhos, eu prosseguia imperturbável essa tarefa, que em geral durava mais de uma hora, até que, já sem voz, descia muito séria e me encerrava no meu quarto.

Por mais que procurasse erguer a cabeça, esta sempre se inclinava para um lado. Demasiado grande, demasiado pálida, parecia fatigar-lhe os ombros, os braços, os círculos celestes dos seus olhos, mais frios do que sua pele tranqüila, um pouco úmida.

Sua mãe me permitiu cuidar dele algumas tardes até que, pouco a pouco, foi-se habituando a deixá-lo comigo. Seu modo de fitar, de vir até mim com uma seriedade inusitada, me atraía muito mais do que qualquer outra distração. Quando ele repousava sua cabeça grande entre meus braços durante horas inteiras, eu experimentava por esse cansaço que me endurecia as costas uma tal gratidão que, para prolongá-la, retardava ao máximo o momento de deitá-lo, como quando alguém permanece na cama, longo tempo, em uma postura incômoda, só para saborear o instante de virar-se. Depois que ele adormecia, contudo, invariavelmente me invadia o mesmo medo, e eu imaginava que sua cabeça poderia tornar-se tão pesada que me cairia dos braços.

Durante todo o tempo em que vigiei suas refeições, minha ternura cometeu um só descuido e eu lhe queimei, levemente, a boca. Supus que ele sofreria a noite toda, que talvez morresse, que seu pranto baixinho, quase silencioso, encobria, muito mais que uma reprimenda, uma tristeza oculta.

Meses mais tarde o pai dele me afastou da casa, porque sua excepcional perspicácia fisionômica o tinha persuadido de que minha boca revelava certos indícios de uma maldade latente.

Sua casa distava da nossa menos de uma quadra. Em vão ele me olhava da grade com seus grandes círculos celestes que já pareciam mais frios. Eu devia passar sem deter-me e olhá-lo de longe ou, encarapitada no muro de nossa quinta, divisá-lo na sacada, nas manhãs de sol.

Uma tarde, falou de coisas sérias e pediu que lhe trouxessem rosas brancas para o quarto. Sua cabeça grande estava largada sobre a cama, sua cabeça nunca teve febre.

Quando me chamaram para vê-lo e me encontrei diante do caixãozinho branco, tive, pela primeira vez, uma sensação de injustiça. Seu pai estava presente, mas não lhe dirigi a palavra. Recordei que minha boca era de pessoa maldosa e pude somente permanecer com os olhos cravados na cabeça doce e séria, que havia tanto tempo eu não acariciava.

Quando me afastei, pareceu-me que sempre o havia imaginado assim, quietinho, atrás dos seus círculos celestes.

Depois de surpreender-me, várias vezes, diante do espelho, mamãe me aconselhou a parar de investigar a maneira mais decorativa de recolher meus cabelos e a concordar em cortá-los. Não precisei empregar uma argumentação muito persuasiva para que Susana decidisse acompanhar-me. Bastou informá-la do meu propósito para que ela evidenciasse seu interesse em assistir a uma experiência que, eventualmente, poderia lhe ser útil.

Quando saímos do cabeleireiro, mal conseguimos dissimular nosso regozijo. O novo penteado suavizava o tom avermelhado dos meus cabelos e oferecia aos dela uma solução inesperada. Teríamos preferido não postergar, nem por um minuto, a surpresa e a algazarra que suscitaríamos em casa, mas um encontro imprevisto contrariou essa impaciência: ao transpormos nossa grade, topamos com o jardineiro.

Gigantesco, fornido, já entrado em anos, ele tinha umas mãos de dimensões exorbitantes; uns dedos três vezes mais compridos e mais grossos do que os nossos. Todas as manhãs, ao cumprimentar Susana e a mim, apoiava o médio contra um dos nossos ombros, e esse simples gesto, que parecia feito ao acaso, era suficiente para impelir-nos à frente, para fazer-nos cambalear se estivéssemos desprevenidas.

Resolvidas a evitá-lo, tentei ocultar-me atrás de um dos pilares do portão enquanto Susana corria em direção à casa. Minha estratégia obteve tão pouco êxito quanto a dela. O jardineiro se interpôs ao seu caminho e, depois de dar-lhe bom dia, empurrou-a no ombro com seu dedo fabuloso. Resignada a cumprir esse rito ineludível, decidi enfrentá-lo, de imediato.

Depois de me fitar com um ar indeciso como se, de repente, não me conhecesse tanto, ele estendeu a mão e, sem me tocar, me assinalou com o indicador. Durante um momento esperei que sublinhasse seu cumprimento com o empurrão habitual, até que compreendi que ele nunca mais me empurraria.

Imóvel à sua frente, tive uma sensação de vazio que se foi agudizando aos poucos. Pareceu-me que eu me afastava do que havia sido até aquele instante e que, ao esticar-se em minha direção, aquele dedo me apontava algo desconhecido em que eu iria me internando, passo a passo; algo que, ao oferecer-me outras emoções e outros riscos, paulatinamente me afastaria de todas as pequenas incidências, de todos os pequenos medos, de todas as manias... de toda a ternura que percorreu minha infância.

Este livro foi composto na tipologia Classical Garamond BT, em corpo 11/15, e impresso em papel off-white 90g/m², no Sistema Cameron da Divisão Gráfica da Distribuidora Record.